AN ATLAS OF TOLKIEN

托尔金
地图集

[加] 大卫·戴 著
刘明亮 译

北京时代华文书局

目　录

引　言

第一部分　阿尔达的创造

阿尔达的初现与创立　18

世界之起源　21

爱努　22

神灯　26

神灯纪元　31

第二部分　阿门洲——海外仙境

双树纪元　37

神树——光之木　40

澳阔隆迪港　45

提力安城　48

维林诺走向黑暗　49

诺多行军　52

第三部分 中土世界

黑暗纪元　58

魔苟斯　60

乌图姆诺的炎魔　63

星辰纪元　64

星辰重燃　66

矮人的觉醒　70

树人的觉醒　73

兽人的诞生　75

第四部分 第一纪元的贝尔兰王国

贝尔兰　78

"千石之窟"明霓国斯　82

人类觉醒　83

太阳第一纪元　87

黎明初降临　90

维林诺的胡安　99

骤火之战　100

目 录

探寻精灵宝钻　103

炎魔勾斯魔格　104

贡多林的陷落　108

安格班的毁灭　109

第五部分　第二纪元的努曼诺尔帝国

努曼诺尔　115

太阳第二纪元　116

黑努曼诺尔人　126

第六部分　第三纪元的登丹王国

太阳第三纪元　131

魔多的邪黑塔　132

索伦　135

太阳第三纪元的历史　138

霍比特人的迁徙　144

阿萨努比萨之战　147

第七部分 孤山探险

探险部队 151

咕噜与兽人洞穴 154

幽暗密林 157

金龙史矛革 158

长湖镇的倾覆 160

五军之战 163

战中巨鹰 166

第八部分 探寻魔戒

夏尔 173

古冢岗 176

布鲁南渡口 177

大海东面的最后家园 180

莫瑞亚矿山 183

兹拉克兹格尔和都灵之塔 184

罗斯洛立安金色森林 186

目 录

刚铎之门亚苟那斯 189

拉洛斯瀑布 190

洛汗金色大殿 193

萨鲁曼 194

号角堡之战 198

艾森加德城墙 199

死亡沼泽 203

落日之窗 204

尸罗 208

魔多山脉 209

米那斯提力斯 211

邓哈罗与丁默山 212

米那斯魔窟 214

巫王 217

帕兰诺平原 221

伊欧玟和巫王 223

末日裂隙 224

魔多的毁灭 227

太阳第四纪元　229
重联王国的至高王　230
持戒者启航　233

引 言

托尔金地图集

引 言

《托尔金地图集》旨在为想进一步了解《霍比特人》和《魔戒》中庞大的虚构世界的读者提供地理与编年指导。同时，本书也作为指南，鼓励读者进一步探索《精灵宝钻》等托尔金逝世后出版的作品。

本地图集融合了过去40年间特意委托顶尖艺术家们创造的艺术作品。首先，本书选用全彩的设计，这一点参考了1979年《托尔金动物图鉴》出版时选用的彩色插图；其次，本书还涉及1992年出版的《图解托尔金百科全书》和2002年出版的《托尔金世界：指环王的神话来源》。

正是因为我们慷慨的出版商萨曼莎·沃灵顿（Samantha Warrington）和项目编辑安娜·鲍尔斯（Anna Bowles）的巧妙构思与不懈坚持，才让这部地图集能够将上述所有艺术作品完美地结合起来。

我很高兴能够通过《托尔金地图集》这本书向新一代读者展示这些艺术宝藏。本书包括几十页地图、年代表和族谱图，以及70多幅彩绘插图，插图展现了托尔金世界从形成到魔戒圣战演变过程中的风景、城市、事件、战争和事变。

托尔金地图集

本地图集还涉及事物的起源：天空中星星、月亮和太阳的出现；精灵、矮人、树人和人类等种族的"觉醒"；兽人、龙和炎魔的繁殖。

本地图集旨在揭示托尔金史诗世界的想象力和壮丽。大家可以在本书的引领下走进并畅游中土世界，体会阿门洲的复杂地理与神话故事。

另外，对于中土世界的地图来说，时间与地理同样重要。本地图集给出了事件的时间背景，因为托尔金世界的地图只有在同时给出时间和地理位置时才有意义。在托尔金世界中，中土世界和阿门洲都是随着时间不断演变的。

不过，我们得先搞清楚一个问题：这本地图集到底是什么？

传统意义上的地图集是一本书，里面包含关于某地或某个主题的地图、表格和插图。它通常是路线图或图解指南，主题包罗万象，从世界地理到人体解剖学都有所涉及。

这本地图集把《霍比特人》《指环王》《精灵宝钻》的时间线串联起来，但本身并不会讲述这些小说的故事——这些内容需要我们亲自阅读小说来获知。

阅读地图集，你会在探寻精灵宝钻时，看到第一纪元时的精灵公主露西安·缇努维尔在魔苟斯铁王冠前高歌；你会在探寻孤山时，知道第三纪元的比尔博·巴金斯曾在何时何处与恶龙史矛革狭路相逢；在探寻魔戒时，你会知道安格玛巫王和盾女于何时、在哪场战争

引 言

中对决。

然而，本地图集并不会告诉你露西安唱完歌之后发生了什么，不会告诉你比尔博如何与恶龙抗争，也不会告诉你安格玛巫王和盾女到底谁战胜了对方。

这本地图集遍布着巧妙的悬念。它并不是，也不打算成为《霍比特人》《指环王》《精灵宝钻》的替代读物。如果你还没有读过这些小说，那么当你真正开始读的时候，对于下一个情节中又发生了什么会感到十分欣喜。

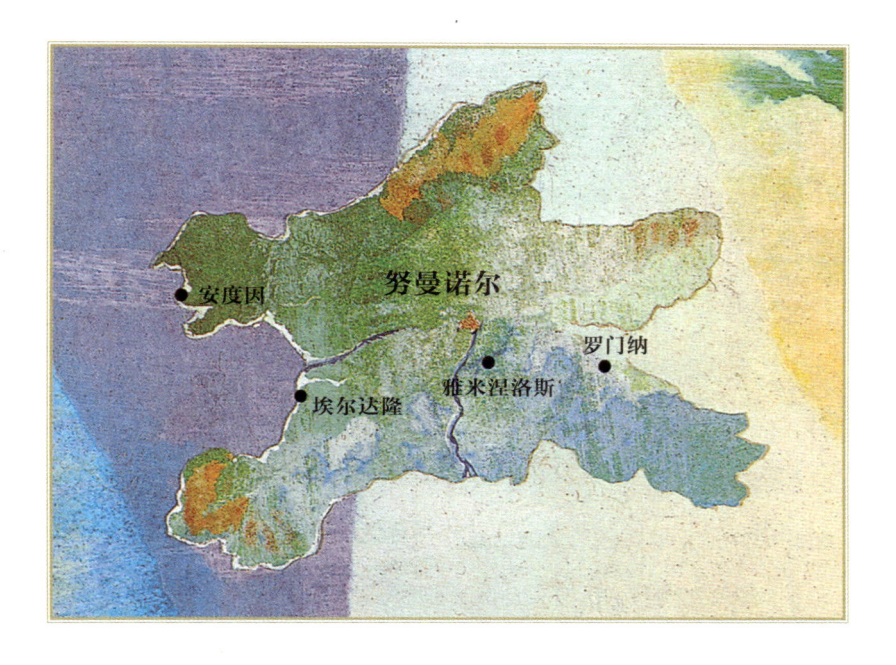

在整本地图集中,事件与战争的结果只有在影响到阿尔达地理演变时才会被叙述出来。读者会发现它是探寻托尔金世界的重要指南。这本地图集给人一种厚重的历史感,这种历史感就是他笔下所有善恶角色行为的驱动力。

有了这本地图集,不需要精通精灵语也能自在地探索中土世界和阿门洲。它编写得既翔实又晓畅,主要是给至少读过一本托尔金系列书籍,或看过托尔金系列改编电影并希望继续探索托尔金世界的人阅读。或者说,这本书更多是为读过一本托尔金系列书籍并希望继续阅读下一本书的读者而创作的过渡书籍。

托尔金的小说的魅力之所以隽永,原因之一便在于其故事背后复杂而详尽的宇宙论,这同时也成了理解他创造中土世界的基本观点的一大障碍。实际上,究其本质,大多数障碍都在于地理和宇宙方面。我们希望这本地图集的概览能帮大家扫除一些障碍。

20世纪50年代,托尔金写信承认他所创作的世界的位置常常让人感到困惑。他说:"很多评论家似乎都认为中土世界在另一个星球上!"托尔金觉得这种结论让人摸不着头脑,他认为这个位置并不存疑。他说道:"中土世界(Middle-earth)并不是一个虚构世界,它是'中土'的中古英语'midden-erd'或'middle-erd'的现代形式,是世界的古名,是人们居住的地方,是客观真实的世界,与世外桃源这种人们想象中的世界或天堂和地狱这种看不见的地方相对立。"

引 言

十年后，托尔金给了记者一个更确切的位置："故事发生在中土世界的西北部，从纬度上讲也就是欧洲海岸线和地中海北岸……如果说霍比屯和瑞文戴尔与牛津在同一纬度，那么往南900多千米的米那斯提力斯大约跟佛罗伦萨在同一纬度，安都因河口和佩拉基尔古城大约跟古特洛伊在同一纬度。"

托尔金世界真正让人感到困惑的不是地点，而是时间。他曾表示："我的故事就发生在我们所处的地球上，但历史时期是虚构的。"托尔金还在另一封信中写道："虽然我人在地球，但我觉得自己创造了一个虚拟时代。"

这个虚拟时代极具神话主义色彩，发生在有记载的人类历史及文明之前。它始于一个新的神话，创造了一个有空气和光的简易星球。这里先是住着天空之女维拉，而后是精灵、矮人、树人和兽人。根据托尔金在其《维利玛早期编年史》中所述，我们所探索的世界比人类的出现早了3万年。又过了3900年，亚特兰蒂斯一般的努曼诺尔文化被灾难性地摧毁，导致这一神话世界过渡到我们如今的地球。托尔金世界的最后4000年则旨在与"最终无可避免地走向人间的历史"联系起来。

托尔金有意识地创造了一种宇宙论，堪比挪威、希腊、芬兰、德国和凯尔特的传统，规模之大令人震惊。这就好比荷马在写《伊利亚特》和《奥德赛》之前，首先创造了整个希腊神话和历史。最值得注意的是，托尔金实际在很大程度上实现了自己的抱负。

托尔金的世界在时间的映射上提出了一个相当大的挑战，这一挑战被一些相当独特的问题复杂化了。尽管阿尔达几乎是《圣经》中的神创论世界，不接受达尔文进化论的观点，但它绝对赞同查尔斯·莱尔的地质演化论，以及后来的大陆漂移学说。在我们最初的真实世界里，大陆的运动经历了数亿年，但在托尔金世界中，类似的运动相对较快，只进行了数千年。

然而，在绘制中土世界和阿门洲的地图时，需要把这数万年不断变化的地理特点在图中表现出来。了解这一点后，这本地图集的任务就是找到一种表现方法，用文本、地图和插图的形式，将托尔金世界的演变连贯地呈现出来。托尔金世界有些方面有所缺失，会导致前后矛盾，有时还自相矛盾，所以这个任务并不容易。的确，托尔金的第三个儿子克里斯托弗·托尔金在其作品《中土世界的形成》中提到，尽管托尔金把主要精力放在地理和时间两大方面，但他还是没能把这地图绘制得完整连贯。

然而，举例来说，北欧神话和冰岛神话的不完整性、不一致性和自相矛盾等问题并没有阻碍北欧诸神世界的重建。正如古希腊、古埃及和古巴比伦宇宙有很多相关的手册、指南和地图一样，这本《托尔金地图集》可以为大家探索中土世界和阿门洲提供地理与时间指导。

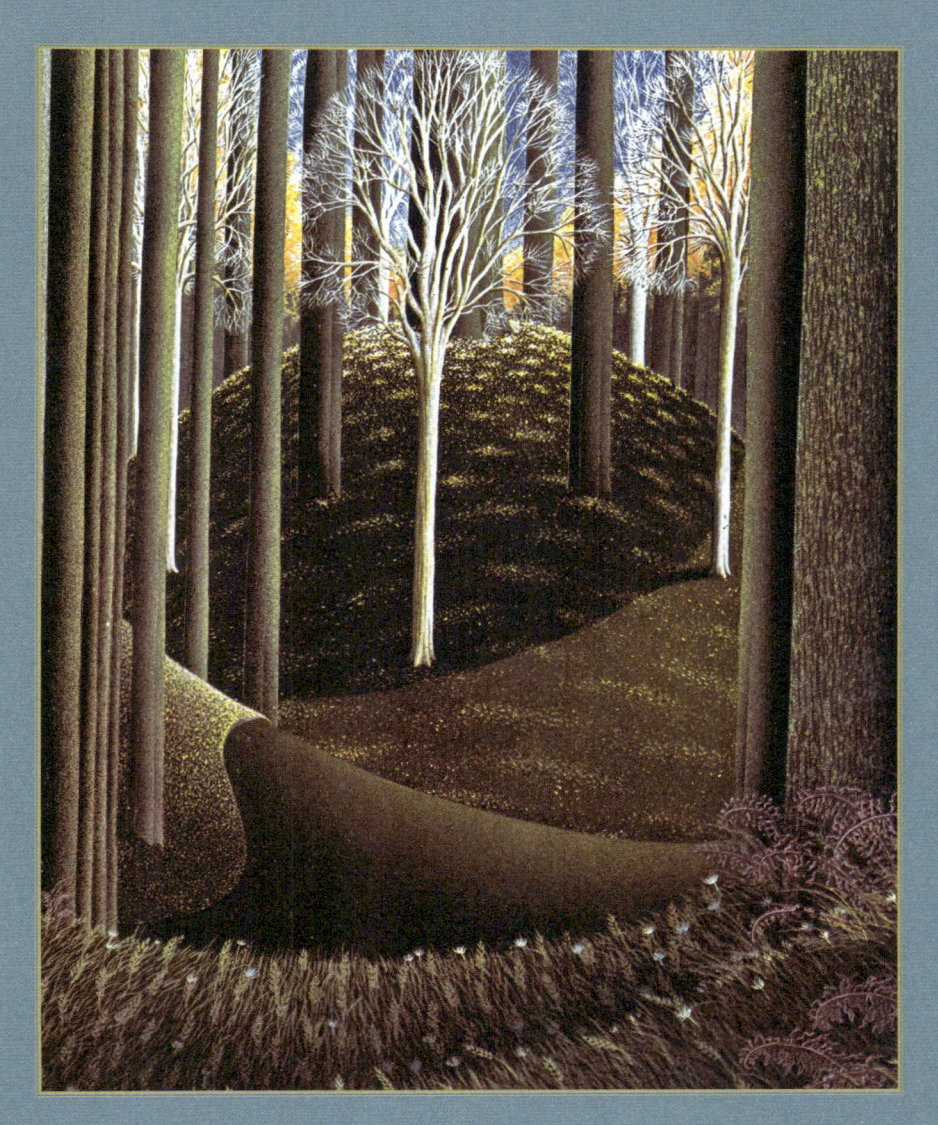

瑟林·安罗斯山丘

当然，凡此类工作都得注意一点，即工作中或多或少都会涉及主观阐释。我们在此讨论的不是物理学定律，而是虚构的文学世界。

克里斯托弗·托尔金在《中土世界的形成》一书中给出了许多测量时间的方法，以及几幅阿尔达的手绘地图，这些都与《精灵宝钻》《指环王》中的内容有所出入。本地图集尽可能多地整合托尔金书中的线索，把魔戒圣战之前的托尔金世界地理及历史演变概观描绘得完整一致。

为理清《霍比特人》和《魔戒》之前世界的时间线，并绘制出便于理解这一时间线的框架，也为了使这一时间线的历史与地理背景更为丰满，我决定选用一种托尔金并未使用的方式谈"太阳纪元"。此举是为了区分太阳出现以前的时间与地理体系，因为二者有时有所重叠。关于太阳出现前的漫长岁月，我还有许多类似的定义，如"创世纪""维拉神灯纪元""光明之树纪元""暗黑纪元""星辰纪元"。

托尔金在其最早的编年史中说，"第一纪元终结后，便迎来了3万年或者说是3000年的维拉纪元"，而太阳出现后的内容则是"现在便进入了太阳纪元，随后就进入了所谓的世界"。本书的纪元描述与托尔金的说法一致。

就在《魔戒》出版前的几年，托尔金写下了他最漫无边际的想象，希望他人能出现在自己的虚构世界中。他写道："我打算写得详略得当，在某些精彩故事上多费些笔墨，而其他的就轻描淡写。这些所

引　言

谓的循环应当联系到一个宏大的整体世界中,也要给他人留有发挥余地,任其以绘画、音乐和戏剧等方式在此天马行空地创作。"

托尔金在很大程度上又一次实现了目标:他的作品启发了许多画家、音乐家和戏剧家,促使他们加入其中,这就是所谓的"他人"。从本地图集可以看出,托尔金确实启发了许多画家,把他的故事放到了与宏观整体联系的背景中。

隆恩湾

林
灰港
夏
烈酒
伊利雅
关丝洛河
艾
白色山脉

西海

贝尔法拉斯湾

中土世界
佛洛威治
灰色山脉
罗马尼安
幽暗密林
孤山
埃斯加洛斯
铁山
卢恩
布里
瑞文戴尔
迷雾山脉
莫瑞亚
罗斯洛立安
艾森加德
法贡
盔谷
邓哈罗
安都因河
拉洛斯瀑布
达戈拉德
欧斯吉利亚斯
米那斯提力斯
莫拉农
米那斯魔窟
巴拉督尔
末日山
卢恩内海
佩拉基尔
魔多
侃德

中土世界及阿门洲时间轴各纪元事件顺序表

创造	伊露（太一，上神）	伊露在永恒大殿给爱努展示"大乐章"	宇宙初现 阿尔达创立（创世纪）	阿尔达成形	第1年——第1个维拉纪 维拉和迈雅进入阿尔达 阿尔达成形
双树第一纪元 阿门洲	第10,000年——第10个维拉纪 幸福之年，于维林诺发现了维拉神树	曼威创造了神鹰 雅凡娜进入中土世界	雅凡娜创造了树 欧洛米进入中土世界	双树第二纪元 阿门洲	第20,000年——第20个维拉纪 瓦尔妲点亮星辰
黑暗纪元 中土世界	米尔寇开始一统中土世界 雅凡娜之沉睡 安格班要塞建立	炎魔、吸血鬼、有翼兽、巨蟒、巨蜘蛛及狼人出现	"工艺之神"奥力创造了矮人	星辰纪元 中土世界	星辰重燃 精灵觉醒
泰勒瑞族抵达托尔埃瑞西亚	泰勒瑞族造出第一艘船，航向埃尔达玛	澳阔隆迪建立	诺多发明腾格瓦文字	诺多发明第一个精灵宝钻	精灵宝钻问世 米尔寇获释
法拉斯族与辛达族结盟	矮人抵达贝尔兰	明霓国斯建立	兽人被驱逐出贝尔兰	莱昆弟族进入欧西瑞安	辛达族发明色斯
第31,000年——第31个维拉纪 阿瓦隆尼建立 维拉创立努曼诺尔	主神禁令	澳阔隆迪精灵与努曼诺尔进行贸易往来	澳阔隆迪精灵将真知晶球带到努曼诺尔	努曼诺尔人入侵 世界巨变	第34,000年——第34个维拉纪 维林诺长久和平年代开始
太阳第二纪元 精灵建立林顿和灰港岸 伊甸人抵达努曼诺尔	索伦建立魔多 精灵工匠发现伊瑞詹	至尊魔戒问世 索伦与精灵开战 伊瑞詹被毁，发现了瑞文戴尔	戒灵出现 戒灵帮努曼诺尔人抓住索伦	努曼诺尔沉没 魔多与索伦首次倒台	太阳第三纪元 至尊魔戒下落不明 东方人开始入侵

第一次战争 阿尔达遭损 米尔寇被驱逐	神灯纪元	第5000年——第5个维拉纪 维拉锻造神灯 阿尔达迎来春天	阿尔玛仁建立 阿尔达大森林生长	乌图姆诺建立 反叛者迈雅和恶魔进入阿尔达	神灯与阿尔玛仁遭损 阿尔达之春终结
美丽安王后离开迈雅，前往中土世界	欧洛米发现精灵，告知维拉	维拉前往力量之战	米尔寇被捕 阿尔达和平开始 维拉的召唤	凡雅和诺多抵达埃尔达玛	提力安建立
树人觉醒 矮人觉醒	兽人、食人妖诞生 卡扎督姆建立	力量之战 乌图姆诺遭捣毁	精灵大迁徙开始	美丽安王后出现 大迁徙结束	诺格罗德与贝烈戈斯特建立 辛达族建立了多瑞亚斯
阿尔达和平结束 佛米诺斯建立	维拉神树被破坏 第一次亲族残杀 诺多逃走	太阳纪元 阿门洲	第30,000年——第30个维拉纪 维拉塑造了太阳和月亮 美丽安王后回到维林诺	维拉前往愤怒之战 米尔寇被驱逐	
矮人发明色斯符文	米尔寇和乌苟立安特回归 雅凡娜之沉睡终结	太阳纪元 中土世界	太阳第一纪元 人类苏醒 精灵宝钻争夺战打响	恶龙诞生 诺多和辛达族的王国惨遭破坏	愤怒之战 安格班要塞被摧毁 精灵宝钻争夺战结束
小神迈雅中选出伊斯塔尔	伊斯塔尔前往中土世界	埃尔达船只从罗斯洛立安和多阿姆洛斯赶到	维拉抵制索伦的精神	第37,000年——第37个维拉纪 持戒者船只赶到，最后一艘埃尔达船只赶到	
刚铎航海之王征服哈拉德 索伦重现 霍比特人出现	安格玛巫王 大瘟疫 阿尔诺没落 炎魔在莫瑞亚	至尊魔戒寻回 乌鲁克人和巨魔诞生 恶龙重现	矮人与兽人开战 魔戒圣战 魔多和索伦最终垮台	太阳第四纪元 持戒者乘船上路 人类统治开始	最后一艘埃尔达船只启程

第一部分

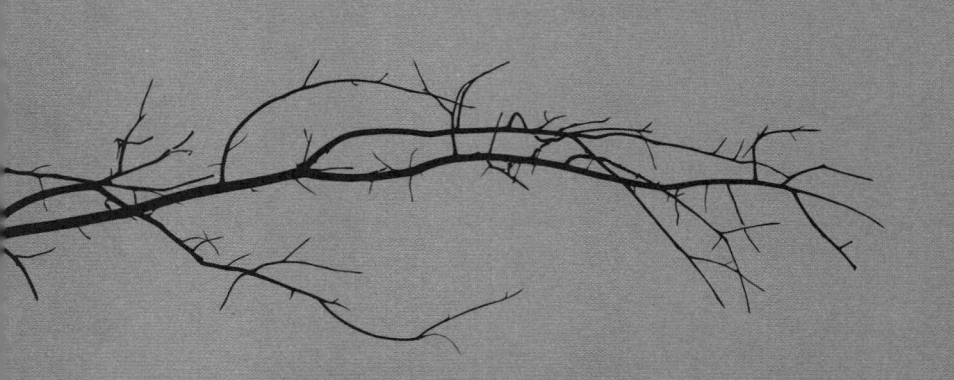

阿尔达的创造

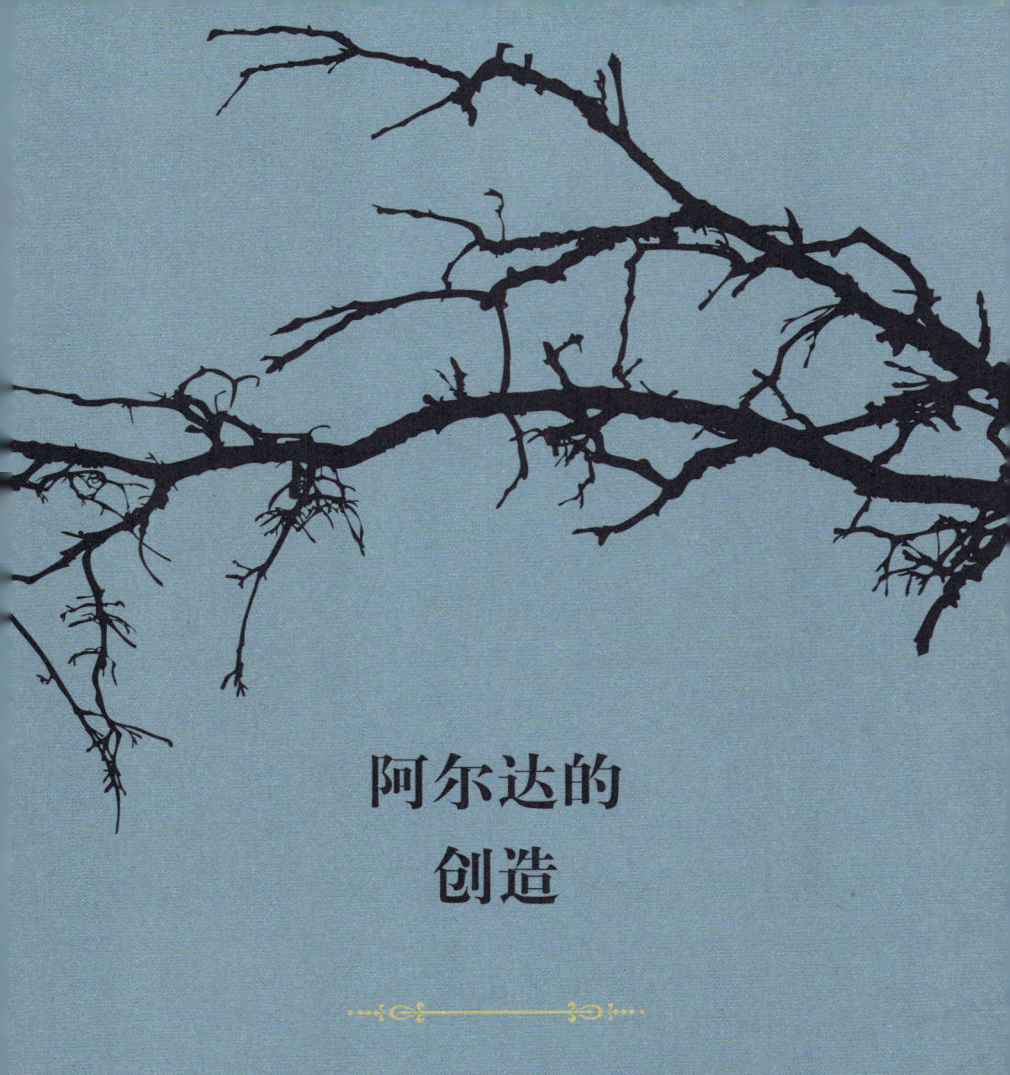

阿尔达的初现与创立

　　最初，是太一伊露创造了诸神爱努，在他们面前展示"大乐章"，使得诸神相互了解，通过合唱在太虚中创造了球形光。伊露维塔（即太一伊露）赋予这景象生命，宇宙便由此诞生，这便是我们所处的世界。诸神仰望宇宙，内心惊叹不已，许多爱努出于对这片新天地的热爱连忙踏入，纷纷变成了大神维拉和小神迈雅，后来统一被称为众神。正是他们创造了世界，也就是阿尔达。众神给阿尔达带来了许多美好事物，但同时也存在冲突：众神中的最强者妄图反叛，对付伊露维塔和他的同胞们。战争由此爆发。

阿尔达诞生于永恒大殿之中

太虚　　伊路拉则巴尔（世界之墙）

维亚（外太空）

维斯塔（大气圈）

最中间（地球）

埃凯亚海（外环海）

维斯塔（大气圈）

北方 N
西方 W—E 东方
S 南方

伊尔门（太阳系，光球）

1—5000 年

第一部分 阿尔达的创造

世界之起源

在阿尔达刚刚诞生之时,地球就是一个封锁在大气圈、太阳系和外太空的扁平盘体,被一道看不见的世界之墙封锁在内,整个体系处于无边无际的太虚之中。广阔的超大陆上,力量之尊维拉继续塑造世界。可惜好景不长,维拉之一叛乱,引发了第一次大战。阿尔达的完美对称于战争中惨遭破坏,大陆也分崩离析。

爱努

《精灵宝钻》第一部"爱努大乐章"中提到，在长久的黑暗和无尽的空虚之中，有一位上帝般的存在，那便是伊露维塔。

这就是托尔金设想的万物之源。他通过"爱努大乐章"向我们讲述了伊露维塔最初的想法变为诸神爱努（"圣者"），并通过他的精神力量——"不灭之火"——让爱努永生的过程。

伊露维塔在太虚中为诸神建造住所——永恒大殿，并在大殿中教他们唱歌，培养出一个庞大的天堂合唱团。在神一般的灵魂乐中，出现了一个神圣的异象：一个球形世界在太虚中旋转开来。

托尔金的阿尔达世界可以说是在合唱中形成的，每位神灵都参与其中，甚至还有个强大的恶灵米尔寇，他唱的则是冲突与不和谐之乐。然而，"爱努大乐章"仅仅带来异象，宇宙成形，变成现实，更是靠着"不灭之火"的力量。为宇宙成形出力最多，并且希望继续塑造的爱努们则踏入其中。

托尔金就是这样记录阿尔达的创造的。这一构思既空灵缥缈又极具歌剧色彩。同时，这也是一种双重创造，因为爱努抵达阿尔达时，

太虚中的永恒大殿——爱努居所

发现这里可以由他们来塑造。

虽然托尔金提到大多数爱努仍与伊露维塔一起留在永恒大殿里，但他们随后如何便不得而知了，因为托尔金的历史之后仅围绕进入世界的诸神来讲。进入世界后，那些神圣的、无形的灵魂逐渐变得有形，成为自然界的元素和力量，但也有着身体形态、个性、性别、亲属关系，正如希腊和北欧诸神一样。进入阿尔达世界的爱努们被分为两大类：大神维拉和小神迈雅。

维拉共有15位："风之王"曼威、"星之后"瓦尔妲、"海之王"乌尔莫、"良知女神"涅娜、"百果赐予者"雅凡娜、"工艺之神"奥力、"森林之王"欧洛米、"青春女神"瓦娜、"灵魂主宰者"曼督斯、"纺织女神"瓦瑞、"梦境主宰者"罗瑞恩、"医疗女神"埃丝缇、"勇者"托卡斯、"舞女"奈莎，以及米尔寇，米尔寇后来被称为"邪魔"魔苟斯。

迈雅的数量则要多很多，但托尔金编年史中只记载了很少一部分："曼威的使者"埃昂威、"瓦尔妲的侍女"伊玛瑞、"狂浪"奥西、"静海"乌妮、"辛达王后"美丽安、"太阳护航者"爱瑞恩、"月亮负载者"提力恩、"指环王"索伦、"炎魔之王"勾斯魔格、"吸血鬼"瑟林威西、"巨蜘蛛"乌苟立安特、"狼人"卓古路因、"河之女"金莓、"无父者"伊尔温班尔达，以及欧络因（甘道夫）、库茹尼尔（萨鲁曼）、爱文迪尔（拉德盖斯特）、阿拉塔和帕兰多五位巫师。

在世界成形、爱努进入世界后，阿尔达历法才启用。阿尔达历

第一部分 阿尔达的创造

史中的大部分时间都没有太阳和月亮,无法用二者来度量时间,所以托尔金用维拉年份和维拉纪元来表示时间。他表示,每个维拉年份代表我们所知的10年,而每个维拉纪元相当于100个维拉年份。虽然托尔金作品中的事件和日期有诸多重叠和变化,但利用目前的手段已经能够较精确地估算出从阿尔达创立到魔戒圣战后不久的太阳第三纪元末这一过程持续了37个维拉纪元,准确地说就是37,063年。

这一巨大的时间框架内,维拉第一纪元是在新来的爱努塑造阿尔达中度过的,恰巧此时"爱努大乐章"中出现了不和谐之音。阿尔达塑造工程伊始,米尔寇带领的一些迈雅团伙开始作恶,进而引发了所谓的第一次大战。在战争中,原本对称又和谐的阿尔达开始分崩离析。

神灯

在《精灵宝钻》中，我们得知，第一次大战之后，维拉在中土世界中部的大湖边建立了田园王国阿尔玛仁，并在中土世界南北两边立起了两个巨大的神灯。但是，残暴的米尔寇在再往北一些的地方建立了铁山，以及他的黑暗王国乌图姆诺。神灯在后来的战争中惨遭破坏，之后维拉向西远走，逃往阿门洲。

太虚

伊路拉姆巴尔（世界之墙）

维亚（外太空）

西土 阿门洲

乌图姆诺

伊路因（北神灯）

中土大陆

东土 东海

大湖

阿尔玛仁岛

欧尔珥（南神灯）

埃凯亚海（外环海）

维斯塔（大气圈）

5000—10,000 年

阿门洲

不死之地

维林诺

芳瑞林

泰尔佩瑞安

埃泽洛赫尔　　维利玛
　　　审判之环

涅娜的殿堂

埃绿光色森林

埃丝蒂岛
罗瑞尔林

曼督斯的殿堂

奥力的府邸

罗瑞恩的花园

雅凡娜的牧场

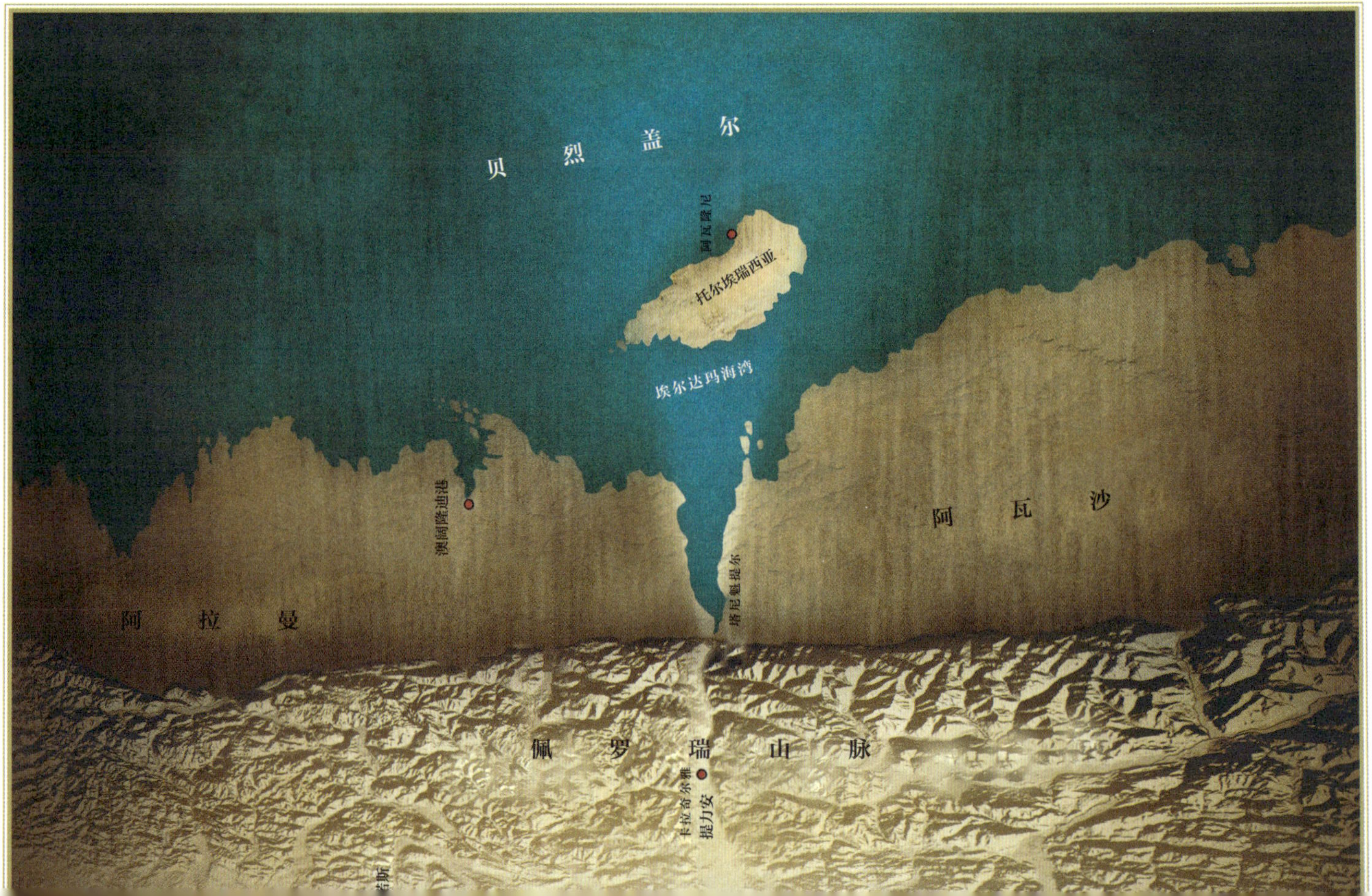
贝烈盖尔
阿瓦隆尼
托尔埃瑞西亚
埃尔达玛海湾
澳阔隆迪港
塔尼魁提尔
阿拉曼
阿瓦沙
佩罗瑞山脉
卡拉奇尔雅
提力安

曼威·苏利缪——阿尔达维拉之王

第一部分 阿尔达的创造

神灯纪元

《精灵宝钻》以及后来出版在《安巴坎塔》和《维林诺编年史》中的草稿与年表告诉我们,阿尔达在创造和成形之后,经历了一段田园时代。在神灯纪元,维拉赋予世界各种美丽和谐的自然奇观,只是后来在第一次大战中惨遭破坏。为点亮世界,维拉支起了两盏大灯,这就是神灯纪元命名的由来。

这两盏灯由"工艺之神"奥力打造,"星之后"瓦尔妲和"风之王"曼威将其填充,使其发出光亮。其余各位大神合力将灯支在稳固的柱子上,这根柱子比所有的高山都要高。其中一盏灯叫伊路因,立于中土世界北部,即尔卡内海之中;另一盏叫欧尔瑁,立于中土世界南部的另一个内海中。

在神灯纪元,阿尔玛仁岛的第一个维拉王国建立在阿尔达正中心的大湖中。维拉和迈雅努力建立起各种壮观的楼宇和高塔,世界则充满了光亮和欢笑。

这是一个田园时代,也称为"阿尔达之春"。"百果赐予者"雅凡娜带来了广袤的森林、无垠的草原,以及田野中、河流里温柔美丽的生物。

但是阿尔玛仁并不是该时代建立的唯一王国。迈雅叛军在遥远的北方一度集合，米尔寇再一次踏入阿尔达。在维拉疏于劳作时，米尔寇在北方悄悄建立起城墙般坚固的铁山。他还在铁山内建立起黑暗堡垒乌图姆诺，开始在此毁坏维拉的劳动成果——荼毒了水与森林。雅凡娜所创造的美丽生物不堪折磨，变成了嗜血恶魔。

最后，米尔寇觉得自己足够强大了，便明目张胆地带领其邪恶军团向众神宣战。他趁众神不备，推倒了两盏神灯，破坏了阿尔达的山脉。神灯引发的熊熊火焰蔓延整个世界，阿尔玛仁便在混乱中毁于一旦。维拉决定不能在这里继续与米尔寇交火，否则将造成更多灾难，于是选择抛下阿尔玛仁与中土世界。

在这场可怕的冲突中，阿尔达之春宣告结束，世界再次陷入黑暗，地球上只剩下毁灭性的烈焰、地震的轰鸣和海洋的激荡。为了平息这些巨大的动荡，以免世界被彻底摧毁，维拉军队倾尽全力。维拉前往极远的西方，抵达伟大的阿门洲，这里后来被称作"不死之地"。于是，随着维拉在西方建立新的王国，神灯纪元画上句点。与此同时，中土世界被破坏的土地则处于米尔寇的邪恶力量统治之下。

第一部分 阿尔达的创造

神灯倒塌，中土世界惨遭破坏

第二部分

阿门洲
——海外仙境

太虚　　　伊路拉姆巴尔（世界之樞）
　　　　　维亚（外太空）

维斯塔（大气圈）

安格班　　乌图姆诺
神树（光之木）　　铁山
维利玛
　　　　　　　　　　　　　蓝色山脉　　　红色山脉　　东方山脉　　东土
阿门洲　　　　　　　　　　　　　　　　　　尔卡海
不死之地　佩罗瑞山脉　　　中土世界　　　　大湖　　　东海
　　　维林诺
　　　　　　　　　　　　　　　蓝色山脉　　黄色山脉
贝烈盖尔海　　　　　　　　　　　　　　　灵格尔山脉

埃凯亚海（外环海）

光区　　　　　　　　　　　　　　　　　　　　　　　　暗区

10,000—20,000 年

双树纪元

维拉在西部阿门洲大陆建立了一个新的王国,叫作维林诺。在维利玛市门外,他们种下了神树——光之木。

有了这些神树,阿门洲就有了充足的阳光,此时的中土世界和残余的阿尔达则进入了黑暗纪元。米尔寇走出邪恶领地乌图姆诺,成为中土世界的统治者。他还建立了第二个领地——安格班要塞,由他忠实的门徒索伦掌管。

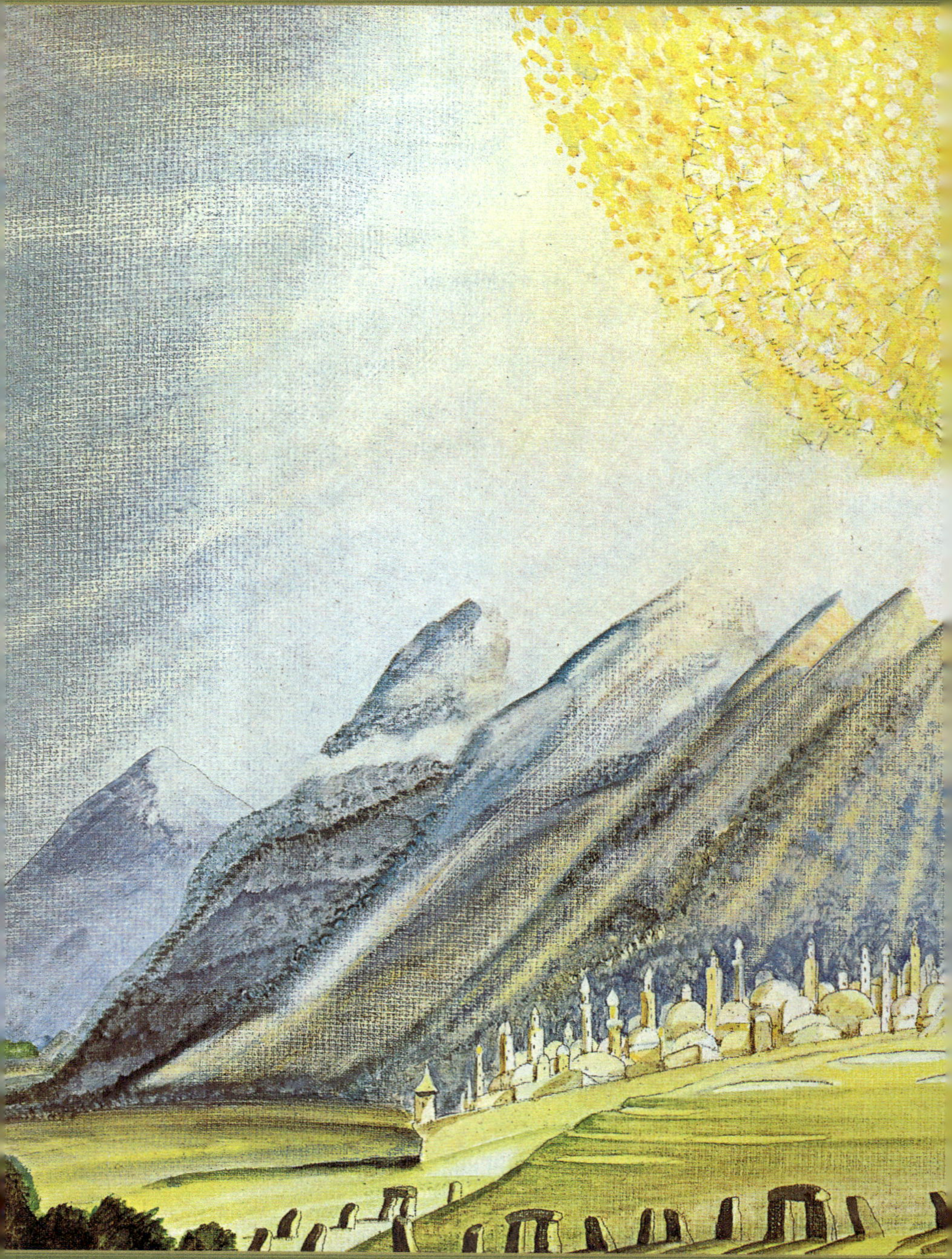

神树赋予维林诺充足的阳光

神树——光之木

在神灯和阿尔玛仁被毁之后,维拉向西来到阿门洲大陆,建立了第二个王国维林诺,意为"维拉之地"。诸神各自负责一部分土地,在此筑楼、建花园,并且建造起"维拉之家"——维利玛。这座城市被高墙围绕,满是千奇百怪的建筑:尖顶的、圆顶的;金的、银的。城中还充满钟鸣声。

维利玛的西部金门外有个山丘,维拉在山上种下两棵大神树,这是史上最高的两棵树,都跟当年的维拉神灯一般大,分别是"金树"劳瑞林和"白树"泰尔佩瑞安。这两棵神树可以发出金光银光,花开花落可以用来表示时间,其光照滋养着当地万物。

我们从托尔金早期编年史的草稿中了解到,在《维林诺编年史》中,双树纪元比创世纪晚了1000个维拉年份,即10个维拉纪元,也就是凡间的1万年。我们还了解到,双树纪元持续了近20个维拉纪元,也就是凡间的2万年。

然而,托尔金的阿尔达年表中有一个复杂的影响因素,因为双树纪元只适用于阿门洲。我们知道维拉一来到阿门洲便筑起佩罗瑞

第二部分 阿门洲——海外仙境

山作为城墙，抵挡魔苟斯及其喽啰。这些山脉是当时世界上的最高山，为维林诺完美地抵御外侵，同时也保护着神树。

因此，双树纪元存在平行时间系统。阿门洲沐浴在阳光下之时，中土世界经历了黑暗纪元和星辰纪元两个时代，每个时代持续了凡间的1万年。

在阿门洲，双树纪元也分为两个时期。其中前10个维拉纪元，也就是凡间的前1万年，即我们所知的福佑年代。这些年间，维拉与迈雅茁壮成长，繁荣发展；这些年间，曼威创造了神鹰，雅凡娜创造了树人，奥力创造了矮人，阿门洲是何等幸运！然而，佩罗瑞山之外的中土世界却忍受着黑暗纪元下米尔寇邪恶、恐怖的统治。

在另外10个维拉纪元中，我们对维林诺和中土世界的了解则更多。双树纪元的第二部分则是蒙福之地的全盛时期，而此时的中土世界经历的则是星辰纪元，也就是"星之后"瓦尔妲让中土世界星辰重燃、精灵觉醒的年代。

米尔寇意图屠杀、肆虐精灵的消息传到阿门洲，维拉决定联手宣战。维拉和迈雅前往中土之地，将米尔寇军团打得落花流水。

这就是所谓的"力量之战"，它包括大大小小的战事与决斗，结果维拉捣毁了乌图姆诺，而米尔寇则被铁链牢牢锁住，关进了维林诺监狱。维林诺余下的双树纪元和中土世界的星辰纪元，史称"阿尔达和平时期"。

这一时期对精灵们来说影响重大。没有了对米尔寇的仇恨愤怒，这些上等精灵变得更强大有力。力量之战后，维拉把精灵集合到光之大陆一起生活。这就是精灵大迁徙，跟随维拉迁徙的精灵叫作"埃尔达"。

大迁徙是许多精灵之歌的主题，因为迁徙时间很长，且埃尔达分为不同的种族。成功迁到阿门洲的精灵分为凡雅、诺多和泰勒瑞族三种。维拉在阿门洲选取了一处"精灵之家"——奇迹般的埃尔达玛——给上等精灵居住。这里到处都是精灵府，但最壮观的还是提力安——凡雅与诺多之家。至于泰勒瑞族居住的城市则位于海岸边的澳阔隆迪和托尔埃瑞西亚岛上的阿瓦隆尼。

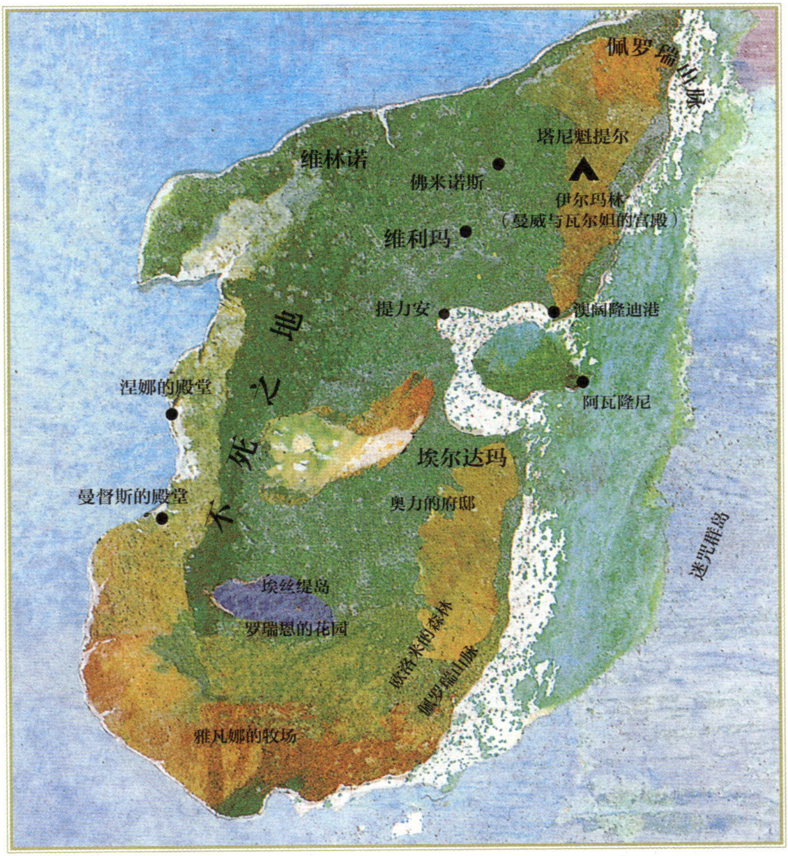
佩罗瑞山脉
塔尼魁提尔
维林诺
佛米诺斯
伊尔玛林
（曼威与瓦尔妲的宫殿）
维利玛
提力安
澳阔隆迪港
阿瓦隆尼
不死之地
涅娜的殿堂
埃尔达玛
曼督斯的殿堂
奥力的府邸
迷咒群岛
埃丝缇岛
罗瑞恩的花园
欧洛米的森林
佩罗瑞山脉
雅凡娜的牧场

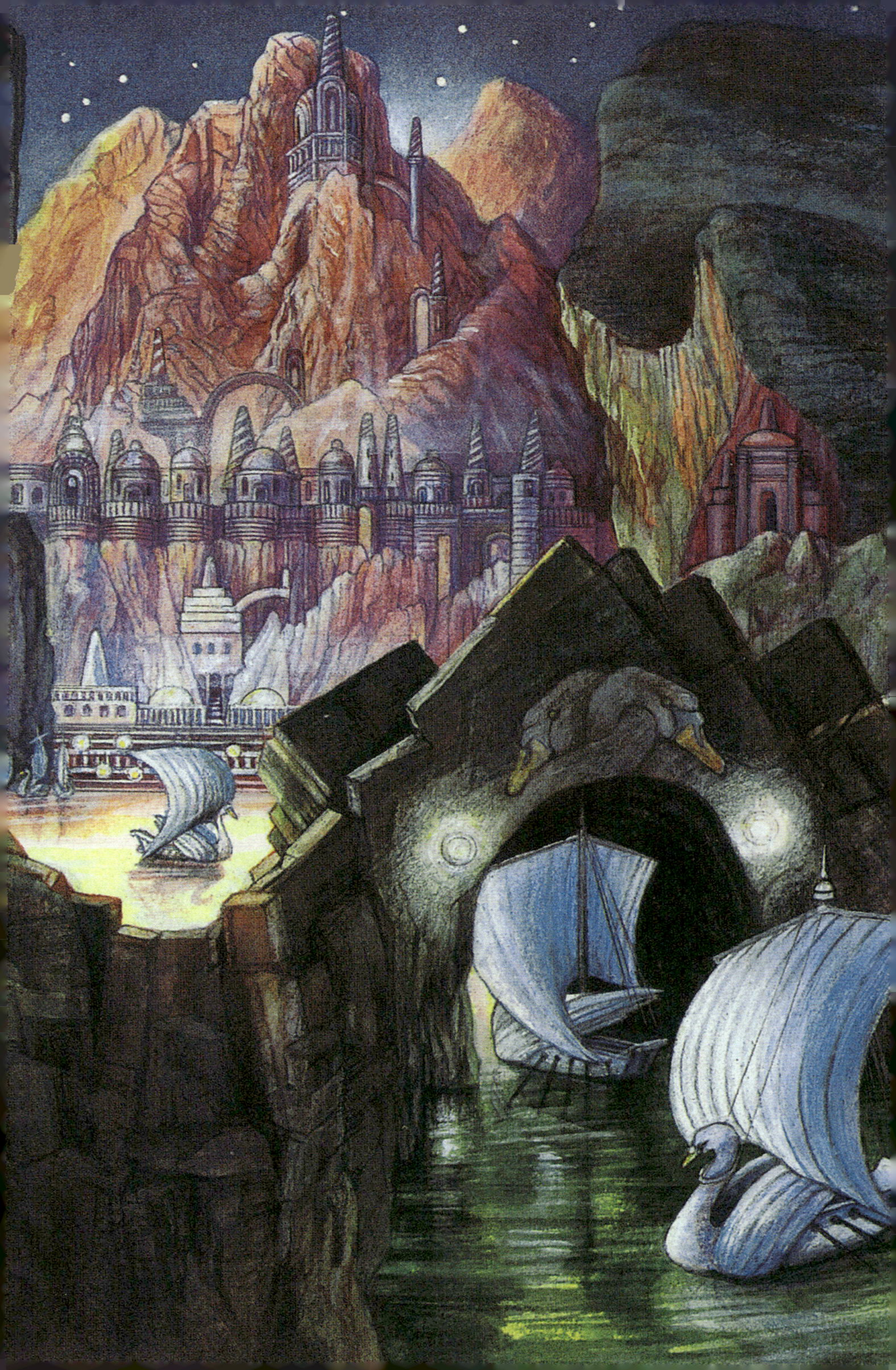

第二部分 阿门洲——海外仙境

澳阔隆迪港

泰勒瑞族在阿门洲海岸建立了澳阔隆迪港，即天鹅港。精灵的船只形如天鹅，长着眼睛以及黑色和金色的喙。泰勒瑞族的船只在澳阔隆迪港那饱经海水雕刻的石拱门下出发，他们唱着欢快的歌儿，聆听岸边潺潺的海水声。

44 页图：澳阔隆迪港——泰勒瑞族白船之家

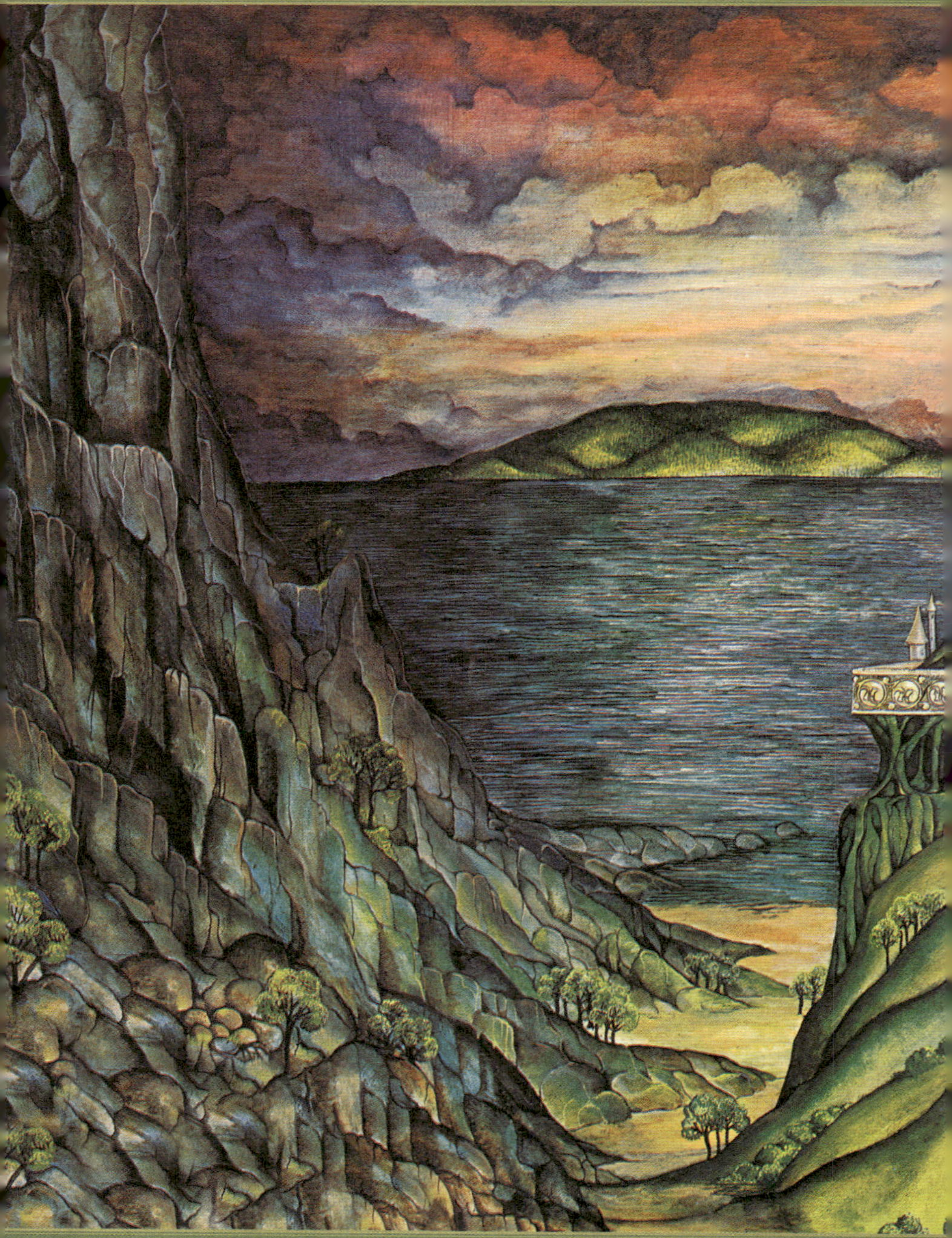

美丽的城市提力安——凡雅与诺多之家

提力安城

在阿门洲上,诺多和凡雅精灵在埃尔达玛建立了第一座大城市:提力安城。城中有白塔和水晶阶梯。提力安城坐落于光之通道卡拉奇尔雅的图娜山丘上。如此选址的原因是,精灵既可以沐浴在神树之光下,面朝大海生活,又能够从图娜和高塔的阴影之下瞭望夜空中闪亮的星星——这些能够触动精灵内心的星星。

第二部分 阿门洲——海外仙境

维林诺走向黑暗

在经历了铁链纪元后,米尔寇要当着诸神之面接受审判。他认错悔过,所以维拉之王曼威下令解除米尔寇的铁链。然而,米尔寇所谓的从良都是伪装出来的,他欺骗了诸神,一早就在暗地里密谋复仇计划。他先是对精灵们挑拨离间,然后与巨蜘蛛乌苟立安特联手向众神宣战。他们用长矛击倒维拉神树,乌苟立安特又吸取树的光与养分,维拉神树因此枯死。维林诺因光被乌苟立安特熄灭而陷入黑暗。米尔寇则邪恶地狂喜,因为他又一次毁灭了世界上最亮的光芒。

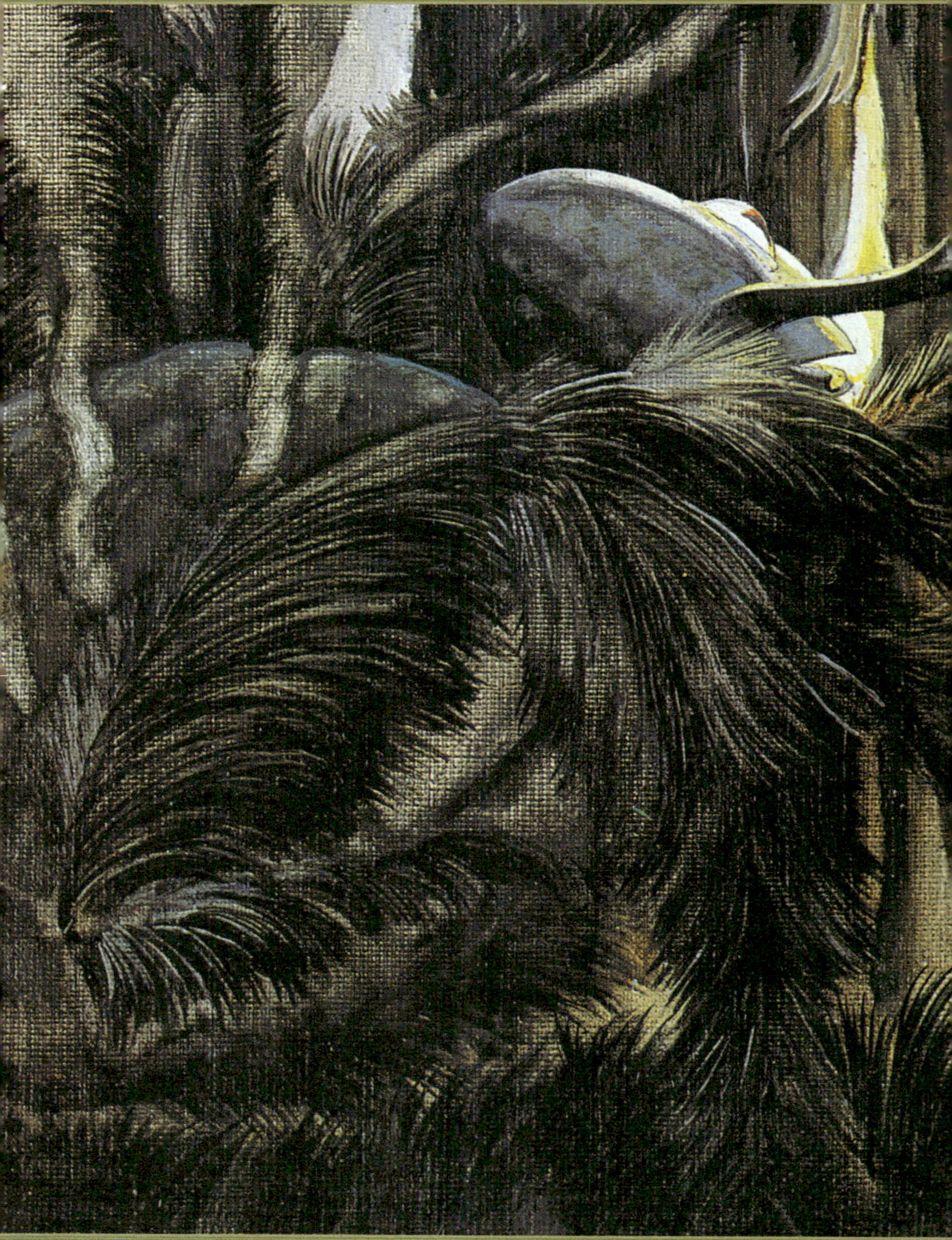

米尔寇和乌苟立安特愤恨地望着维拉之光

诺多行军

在摧毁了维拉神树后,米尔寇杀害了诺多国王芬威并抢走了精灵宝钻。诺多愤怒到极点,不顾诸神警告,回到中土世界,追杀米尔寇。有些诺多靠着从泰勒瑞得来的船只出发,而大部分则是在芬威之子的带领下,穿越西尔卡瑞西海峡,即坚冰海峡。这是阿门洲和中土世界间的北部狭长缝隙,充满了冰与海水。在本次穿行中,许多精灵领主及其夫人因落入大海或被倒塌的冰塔砸中而死。

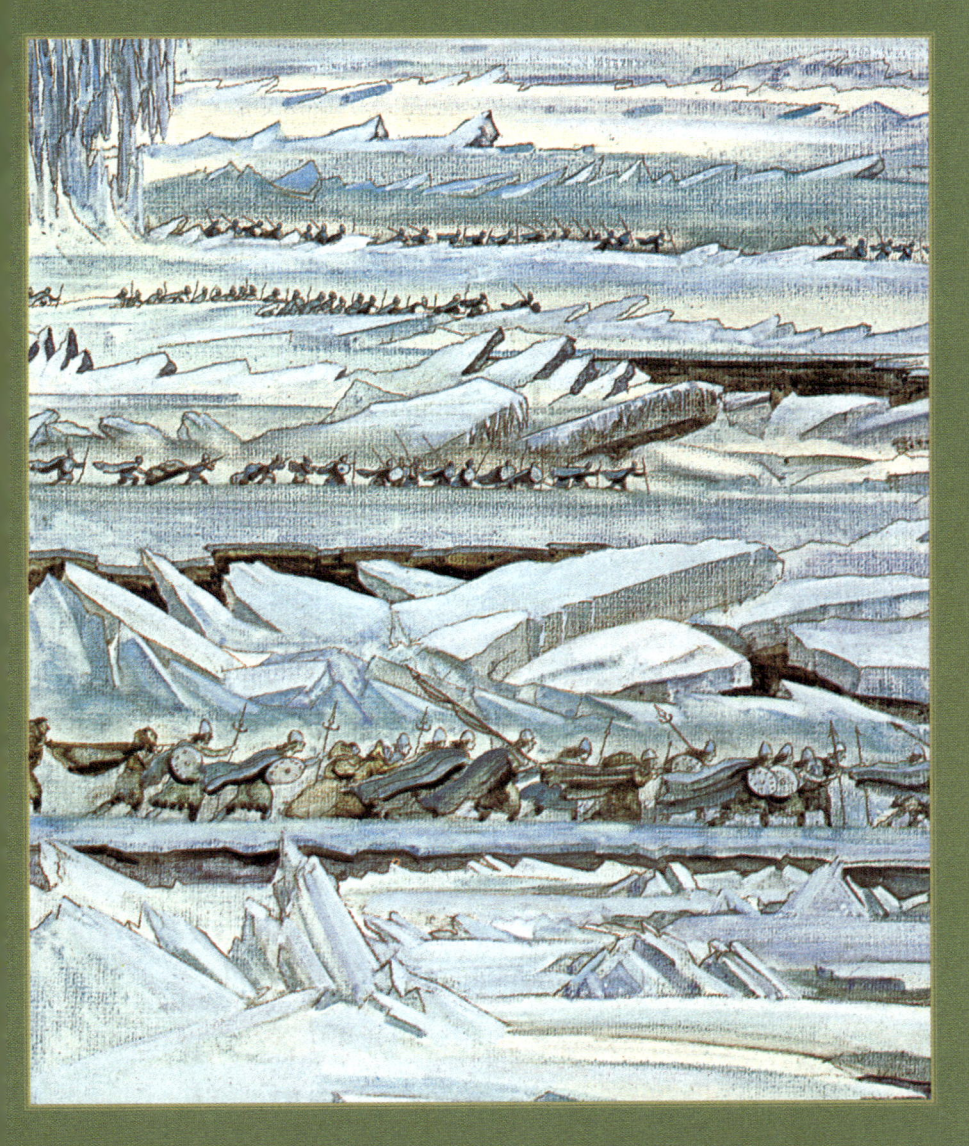

许多诺多在穿越西尔卡瑞西海峡时受尽苦楚而死

第三部分

中土世界

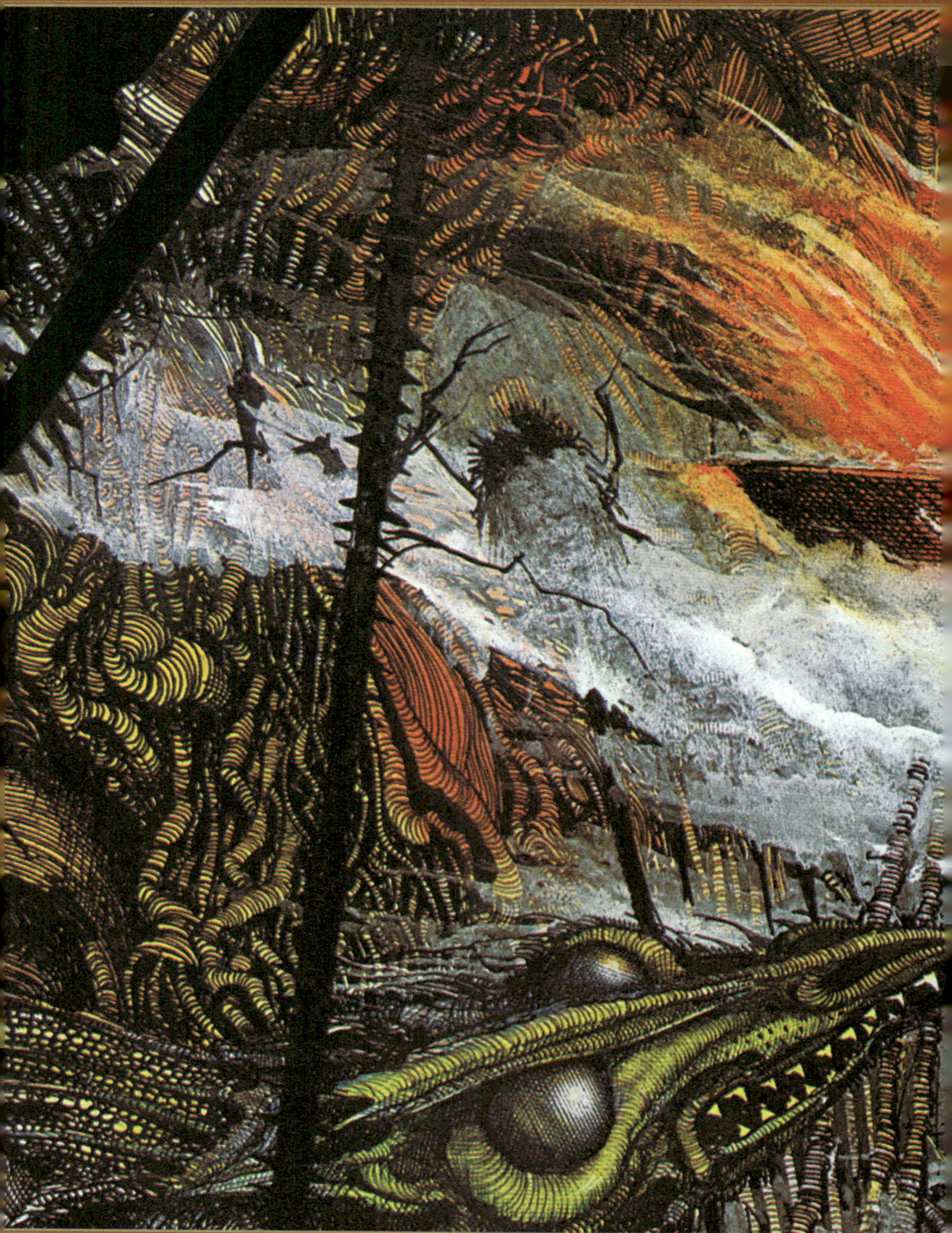

米尔寇军团在乌图姆诺养精蓄锐

黑暗纪元

当维林诺与阿门洲沐浴在神树之光下时，中土世界陷入无尽黑暗。这就是所谓的中土世界的黑暗纪元，这时候米尔寇把铁山下的乌图姆诺矿井挖得更深。他本着奢靡与邪恶，用黑石、火与冰建造了阴森的大圆顶地宫，其内有迷宫般的隧道和深不见底的地窖。

"黑暗魔君"米尔寇再次聚集了世界上所有的邪恶力量，数量看似无穷无尽。而且米尔寇乐此不疲地创造新的、更邪恶的生物形式，恶灵、幽灵、幻影与邪魔遍布乌图姆诺大殿。这黑暗王国的矿井孕育了所有的巨蟒，同时也是狼人、吸血鬼、嗜血怪，以及飞行、爬行和滑行昆虫之家。在乌图姆诺的一切都得屈服在米尔寇的邪恶迈雅门徒炎魔的火鞭和黑色狼牙棒之下。在乌图姆诺众炎魔中，话语权最大的就是勾斯魔格。

乌图姆诺并不是米尔寇建立的唯一王国。在黑暗纪元伊始，米尔寇击败了维拉，并摧毁了阿尔玛仁和维拉神灯。为表庆祝，他努力增强自身实力，在铁山最西部建立了第二个王国，作为兵工厂。那就是安格班要塞，又称"铁牢"。

第三部分 中土世界

安格班要塞建立后，米尔寇把最强的门徒——巫师索伦——提拔为安格班之主。那段时间里，众维拉之中除了"风之王"曼威从圣山塔尼魁提尔上进行监视，以及骑士欧洛米的不时造访外，只有森林和牧场的守卫者雅凡娜进入了中土世界。她为自己所创造的动植物贴上了名为"雅凡娜之沉睡"的符咒，这样它们才能在米尔寇黑暗与邪恶的统治中幸存。

因此，对于"黑暗魔君"米尔寇来说，黑暗纪元在很大程度上是他的"荣耀纪元"。自从破坏了两盏神灯之后，米尔寇就继承了中土世界这一黑暗废墟，并在此统治了长达凡间 1 万年的时间。

魔苟斯

米尔寇是在创世纪前与爱努生活在一起的最强神灵之一。只可惜他在"爱努大乐章"中奏响了不和谐的音符,又在进入阿尔达后与其他维拉作对,到处搞破坏、制造混乱。他的多数精力都花在了作恶和管理邪恶军团上。此外,米尔寇跟维拉不同,他必须一直以肉体形式存在。当埃尔达踏入中土世界,与米尔寇作战时,将其称为"黑暗大敌"魔苟斯。

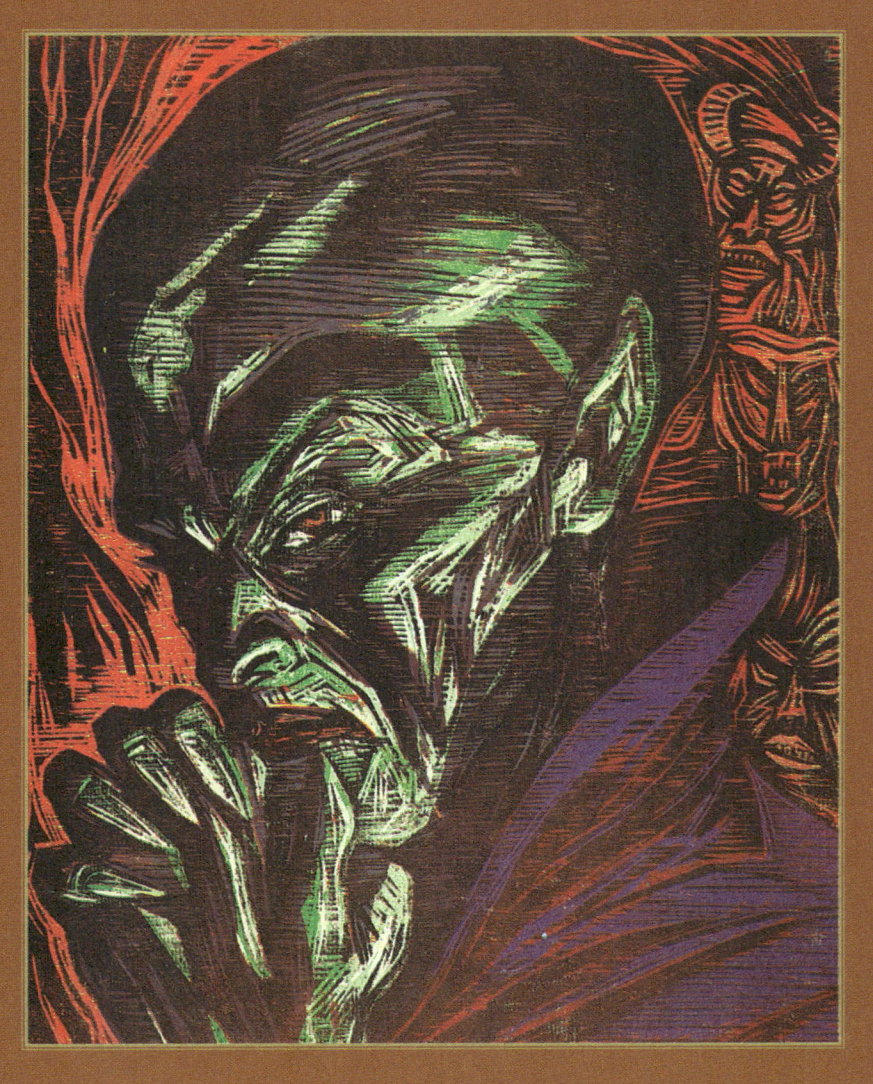

米尔寇成为"黑暗大敌"魔苟斯

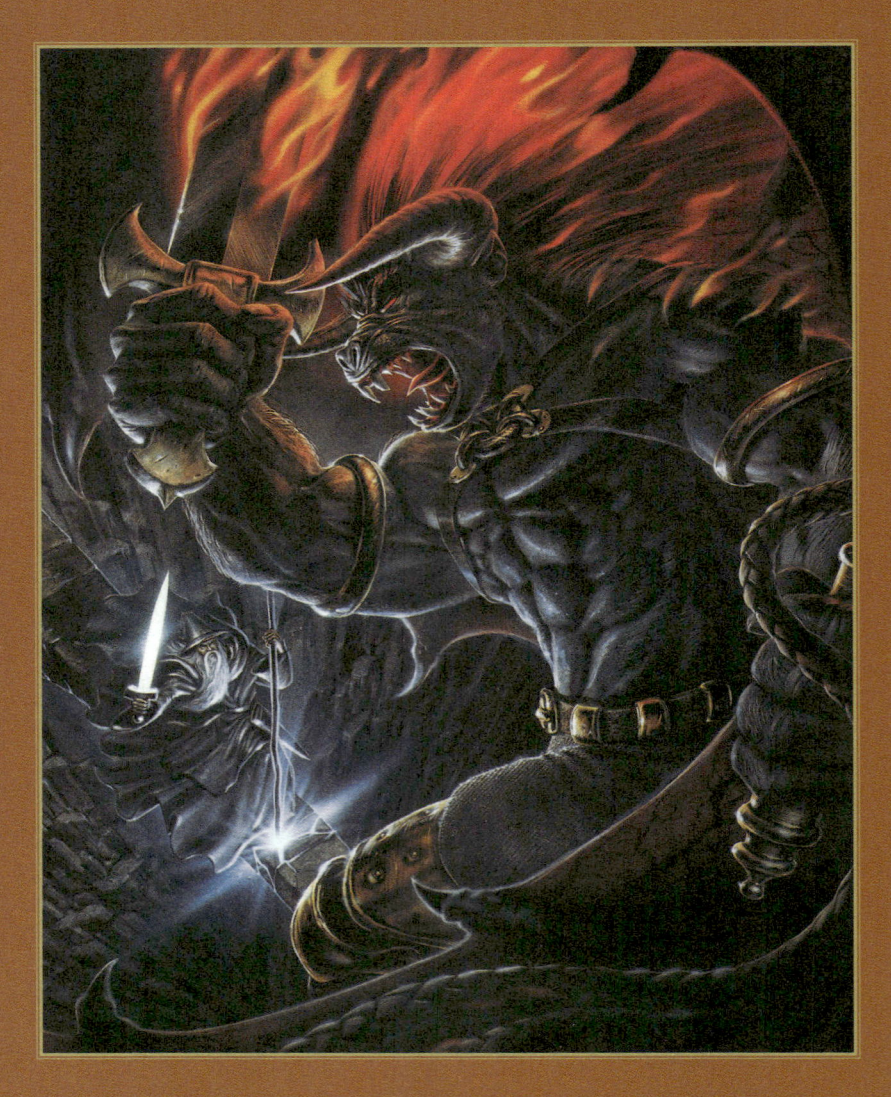

炎魔——米尔寇最强门徒

第三部分 中土世界

乌图姆诺的炎魔

"力量恶魔"炎魔是米尔寇的迈雅门徒中最恐怖的一种,他们体形巨大而笨重,貌似人类,鬃毛带火,鼻孔还能喷火。炎魔所到之处仿佛被云的黑影笼罩,其四肢像蛇一样盘绕。炎魔主要的武器是火焰散鞭,除此之外他们还会使用狼牙棒、斧头和火剑。米尔寇参与的每场战役,炎魔都是其最大功臣,所以米尔寇的统治在愤怒之战大屠杀后被终结时,炎魔这个种族很大程度上也走向了灭亡。据说有些炎魔在愤怒之战中逃走,深藏于山底,但几千年后便再无其他消息。然而,太阳第三纪元时,擅长深掘的莫瑞亚矮人不慎放出深埋着的炎魔。炎魔刚被放出来就杀害了两位矮人国王,然后召得兽人和食人妖兵团的援助,合力将矮人从莫瑞亚永久赶走。炎魔的统治无法撼动地持续了两个世纪,直到在卡扎督姆大桥上与灰袍巫师甘道夫的决斗中败北后才结束。

星辰纪元

当阿门洲进入双树第二纪元时,中土世界的星辰纪元开始了。此时,中土世界的精灵苏醒,最终爆发了力量之战,战后维拉捣毁乌图姆诺并捉住米尔寇。之后精灵开始西迁,分别在中土世界和阿门洲的埃尔达玛建立王国。后来,假意悔改的米尔寇再次反击,破坏了神树,并盗取了精灵宝钻。

太虚

伊路瑞姆芭尔（世界之墙）

维亚（外太空）

星辰重燃

维斯塔（大气阁）

安格班

神树（光之木）

铁山

迷雾山脉

不死之地

维利玛

尔卡海

中土世界

东土

埃尔达玛

维林诺

大湖

库维内恩

东海

贝烈盖尔海

灵格尔海

暗区

埃凯亚海
（外环海）

光区

20,000—30,000 年

星辰重燃

经历了漫长的黑暗纪元后,"星之后"瓦尔妲从维拉的银树上取来了露珠,横跨天际,重新点燃了中土世界黯淡的星辰。于是繁星变得光彩夺目,在天鹅绒般的夜空里熠熠生辉。米尔寇的生灵无法适应这样的光亮,当一束束星光刺穿他们黑暗的灵魂时,他们惨叫连连,惊慌失措,逃之夭夭,四处躲藏。

而最为重要的是,星辰重燃也意味着精灵的苏醒。繁星在中土世界闪耀之时,精灵们苏醒过来,双眼倒映着星光,星光的一部分也永久地留存于他们的眼中。精灵们苏醒的地方在库维因恩湖畔,毗邻尔卡内海的海岸,坐落在欧罗卡尼山(又称红色山脉)的山脚下。

在星辰纪元,还有另外两个会说话的种族苏醒过来。其一为矮人,由"工艺之神"奥力所创造;另一个为树人,由奥力的妻子——"百果赐予者"雅凡娜所创造。此外,在乌图姆诺的矿井中,米尔寇孕育了另外两个种族:兽人与食人妖。他们是由落入米尔寇手中饱受折磨的精灵与树人制造而成的两种扭曲的生命形态。

当骑士欧洛米发现了精灵的苏醒,众维拉也了解到米尔寇对他

第三部分 中土世界

精灵们苏醒过来,对繁星的光辉感到惊讶与着迷

们所做的种种卑劣行径之时,他们召开了军事会议。维拉和迈雅来到中土世界,为对抗米尔寇的战争排兵布阵。

在愤怒之战当中,维拉的大军摧毁了米尔寇的邪恶军团,推倒了铁山的城墙,彻底毁灭了乌图姆诺。米尔寇对中土世界的支配宣告结束,他被铁链束缚,在维林诺被囚禁数年。这一时期又被称作"阿尔达和平时期"，同样也是大迁徙发生的时期。精灵的族众向西迁移，去往位于阿门洲海岸的埃尔达玛。对中土世界和阿门洲上的精灵来说，这段时光基本上可以说是他们的光辉岁月。

成功完成了大迁徙的高等精灵们在埃尔达玛定居，建造了提力安、澳阔隆迪和阿瓦隆尼三座美丽的城市。然而精灵中的其他种族则因为对中土世界的热爱而留在了那里。他们在凡间建造了自己的王国，过着荣耀的生活。

星辰纪元时期，在中土世界西北部的贝尔兰，有一个强大的精灵王国。这些精灵跟随庭葛国王与迈雅族的美丽安王后，是泰勒瑞族的后代，被称为灰精灵或辛达族。他们的王国地处多瑞亚斯广袤的森林中。最大的城市是"千石之窟"明霓国斯，那里的石窟与洞穴同为中土世界的奇观。辛达族的领主们是贝尔兰的主人，也是星辰纪元中土世界最为强大的精灵。他们的同盟有法拉斯的海精灵、欧西瑞安的莱昆弟族（又称绿精灵），以及位于蓝色山脉的贝烈戈斯特和诺格罗德的矮人们。星辰纪元持续了1万年，是一个发现、奇迹、荣耀与魔法并存的时代。然而，随着最终米尔寇从维林诺解禁释放，这一切都画上了句号。米尔寇在一段时间内看似悔过，不久后便心怀愤恨，开始复仇，摧毁了维拉神树。随后他逃往中土世界北部，在铁山建立起安格班要塞。随着冲突席卷贝尔兰，阿尔达和平时期与星辰纪元同时宣告结束。

第三部分 中土世界

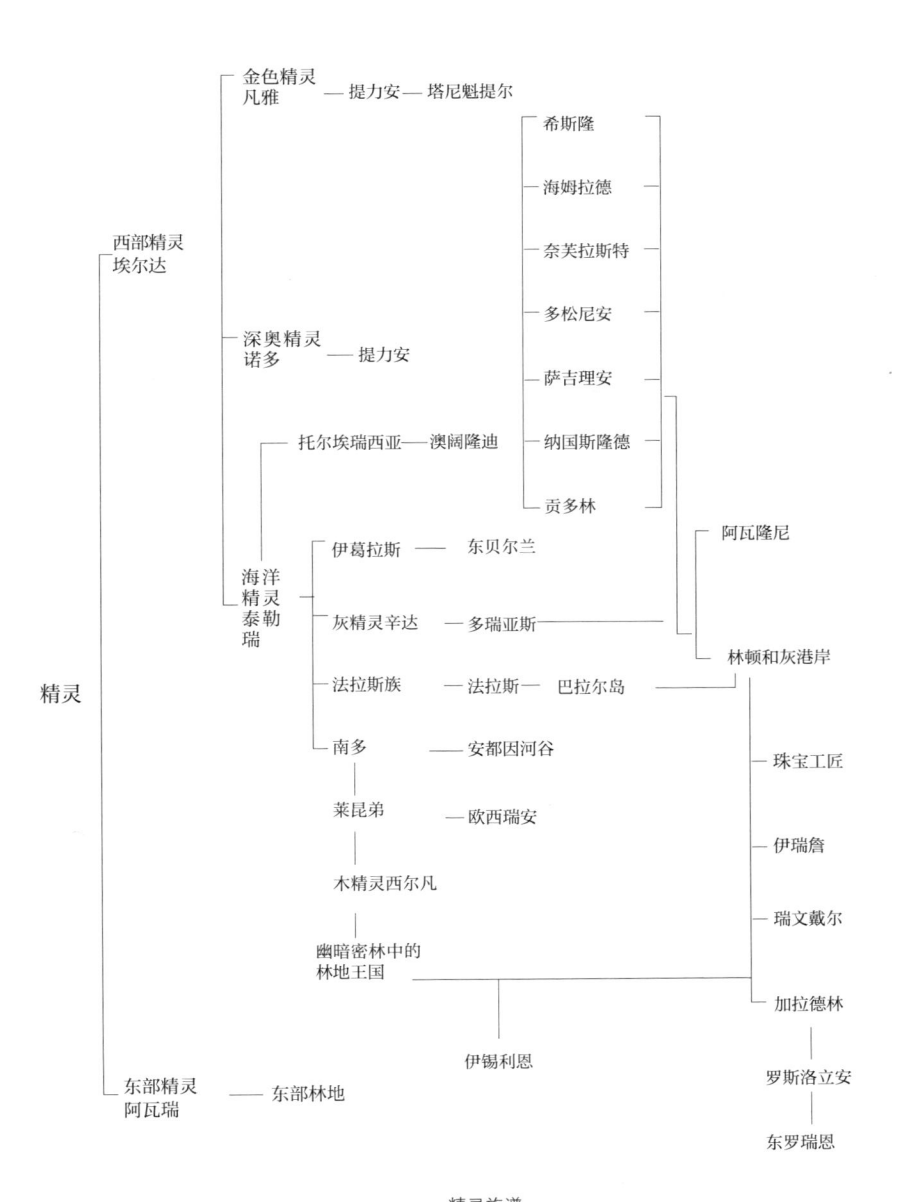

```
                              ┌─ 金色精灵
                              │  凡雅 ── 提力安 ── 塔尼魁提尔
                              │
                              │                      ┌─ 希斯隆
                              │                      │
                              │                      ├─ 海姆拉德
                              │                      │
                              │                      ├─ 奈芙拉斯特
                              │  深奥精灵             │
                              ├─ 诺多 ── 提力安 ──────┼─ 多松尼安
              ┌─ 西部精灵      │                      │
              │  埃尔达        │                      ├─ 萨吉理安
              │                │                      │
              │                │                      ├─ 纳国斯隆德
              │                │                      │
              │                │  托尔埃瑞西亚 ── 澳阔隆迪
              │                │                      └─ 贡多林           ┌─ 阿瓦隆尼
              │                │                                          │
              │                │   ┌─ 伊葛拉斯 ── 东贝尔兰                │
              │                │   │                                      │
              │                │   │                                      │
              │  海洋精灵      │   ├─ 灰精灵辛达 ── 多瑞亚斯               │
              │  泰勒瑞        │   │                                      │
              │                └───┤                                      ├─ 林顿和灰港岸
              │                    │                                      │
   精灵 ──────┤                    ├─ 法拉斯族 ── 法拉斯 ── 巴拉尔岛────┤
              │                    │                                      │
              │                    │                                      │
              │                    └─ 南多 ───── 安都因河谷                │      ┌─ 珠宝工匠
              │                       │                                   │      │
              │                       │                                   │      │
              │                       莱昆弟 ── 欧西瑞安                   │      ├─ 伊瑞詹
              │                       │                                   │      │
              │                       │                                   │      │
              │                       木精灵西尔凡                          ├─ 瑞文戴尔
              │                       │                                   │
              │                       │                                   │
              │                       幽暗密林中的                         └─ 加拉德林
              │                       林地王国
              │                                                              ┌─ 罗斯洛立安
              │                              伊锡利恩
              │                                                              └─ 东罗瑞恩
              └─ 东部精灵
                 阿瓦瑞 ── 东部林地
```

精灵族谱

矮人的觉醒

黑暗纪元时，中土世界山下的大殿里，"工艺之神"奥力创造出矮人七祖。

伊露维塔意识到奥力的放肆行为，决不允许矮人这种低劣种族诞生于他的上等后代中。不过他也觉得奥力并无恶意，就神化了矮人，并吩咐奥力让这些矮人沉睡多年。

精灵觉醒后的那些年，矮人七祖也同样惊醒。他们的石房被砸开，所以只得惊慌地逃出来。矮人七祖各自在中土世界的山下建立了自己的宅子，但其中只有蓝色山脉的贝烈戈斯特和诺格罗德，以及迷雾山的卡扎督姆在精灵历史上有所提及。

矮人探索山下奇妙的洞穴

树人愤怒地进军艾森加德

第三部分 中土世界

树人的觉醒

星辰重燃及精灵觉醒之后,"百果赐予者"雅凡娜的作品——树人——也在阿尔达大森林中渐渐苏醒。树人是森林的庞大的护卫,因此又称作"百树的牧人"。从外形上看,他们一半像人、一半像树,皮肤粗糙得像树皮,双臂形如树枝,每只手竟然有7根手指头。树人高4.27米,有时能够站着不动维持数年,有时迅速地迈出"树人步",甚至无须弯腿,他们的脚如活树根。传说最年长的树人于星辰纪元和太阳纪元时在中土世界生活。树人虽然一般都非常聪明且有耐心,但发怒时能徒手碎大石和钢。魔戒圣战期间,树人对艾森加德的巫师萨鲁曼感到极其愤怒。

可怕的半兽人从米尔寇恶化的精灵中发育而来

第三部分 中土世界

兽人的诞生

星辰纪元时,在乌图姆诺深深的矿井中,传说米尔寇(也就是被众精灵称作"黑暗大敌"的魔苟斯)对神灵的亵渎达到了极点。那时,他捕获许多新生精灵,把他们关进地牢中,疯狂地折磨他们,使其变得扭曲。由此,魔苟斯培育出一种妖怪奴仆。精灵们有多美好,这些奴仆就有多恶心。这些奴仆就是兽人,其中许多都是在痛苦与憎恶中成形、外形弯曲的弓形腿矮胖子,看着让人毛骨悚然。兽人的双臂又长又有力,仿佛黑猩猩的胳膊一般;大嘴中长满黄色锯齿尖牙和一个厚厚的红色舌头,鼻孔粗大,脸部扁平,双眼猩红,像是灼烧的炭火。兽人是残酷的战士,因为他们对主人的畏惧超出了对任何敌人的惧怕,或者说,死亡都要比魔苟斯的折磨好过一些。他们是食人族,以肉为食,住在污浊不堪的矿井与隧道中,害怕光亮,所以夜间觅食。在"黑暗大敌"魔苟斯的矿井中,他们的后代来得比阿尔达其他任何精灵都快,壮大了魔苟斯军团的队伍。

第四部分

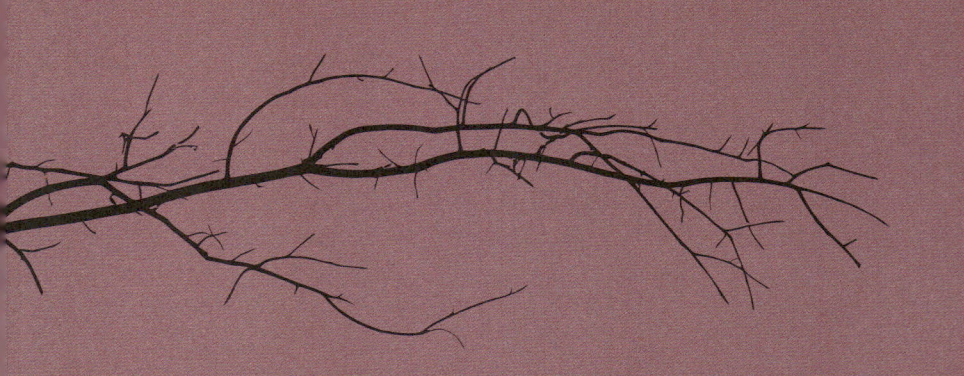

第一纪元的贝尔兰王国

贝尔兰

星辰纪元期间,贝尔兰成为灰精灵辛达的家园。贝尔兰都城是明霓国斯,位于多瑞亚斯的广袤森林中。太阳第一纪元时,诺多精灵回归,建立了纳国斯隆德和贡多林等王国。然而,在贝尔兰战役中,这些王国都与明霓国斯、安格班要塞一同毁灭。太阳第一纪元末年,贝尔兰沉入海底。

西尔卡瑞西海峡
（坚冰海峡）

不死之地

安格班

铁山
安戈洛坠姆

希斯隆

贡多林

明霓国斯

纳国斯隆德　多瑞亚斯

诺格罗德
蓝色山脉
贝烈戈斯特

欧西瑞安

阿维尼恩

都因那斯森林

中土世界

巴拉尔港

贝尔兰

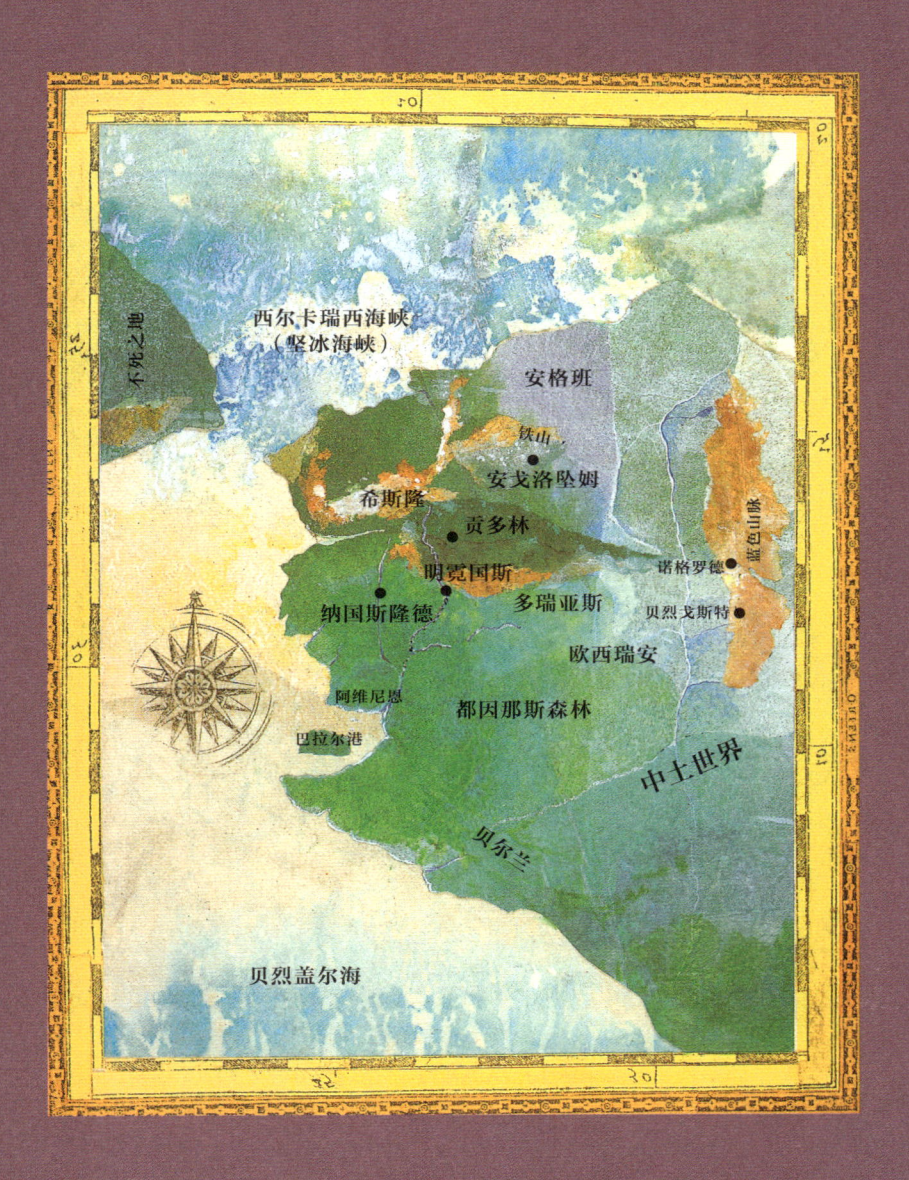

贝烈盖尔海

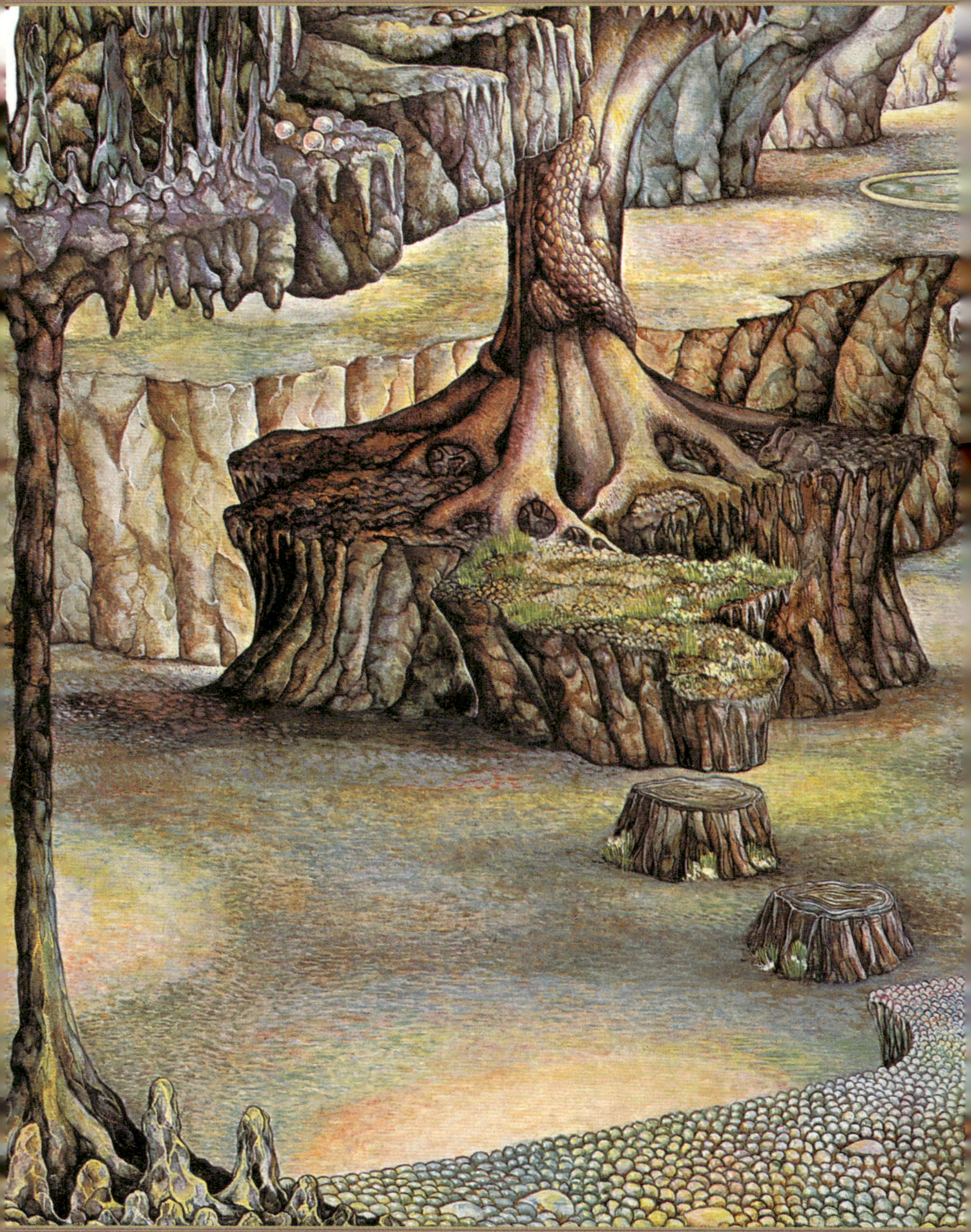

明霓国斯大殿中的各种奇观

"千石之窟"明霓国斯

星辰纪元时，来到埃尔达玛的高等精灵在神树之光下茁壮成长，而中土世界的灰精灵辛达也愈发强大。这些精灵跟随庭葛国王与迈雅族的美丽安王后，以贝尔兰之主的身份生活在"千石之窟"明霓国斯。这里可以被称为"世界奇迹"，因为辛达对这广袤森林爱得深沉。明霓国斯的大殿和洞穴中满是石制树木、鸟类和其他动物，还有喷泉、水晶灯。殿内还有星辰纪元时中土世界的最强精灵——辛达领主。

人类觉醒

虽然维拉神树被毁,但雅凡娜和涅娜从烧焦的废墟中精心培育出一朵名为"光辉的伊希尔"的银色的花,还有一颗名叫"灿烂的雅纳"的金色果实。这金果银花被放在一个大容器中,变成了太阳和月亮,随后由迈雅们带向天际。传说中,太阳升起时,人类开始在中土世界东部大地的希尔多瑞恩苏醒。太阳纪元就这样开始了,人类在此繁衍生息,遍布中土世界的各个角落。

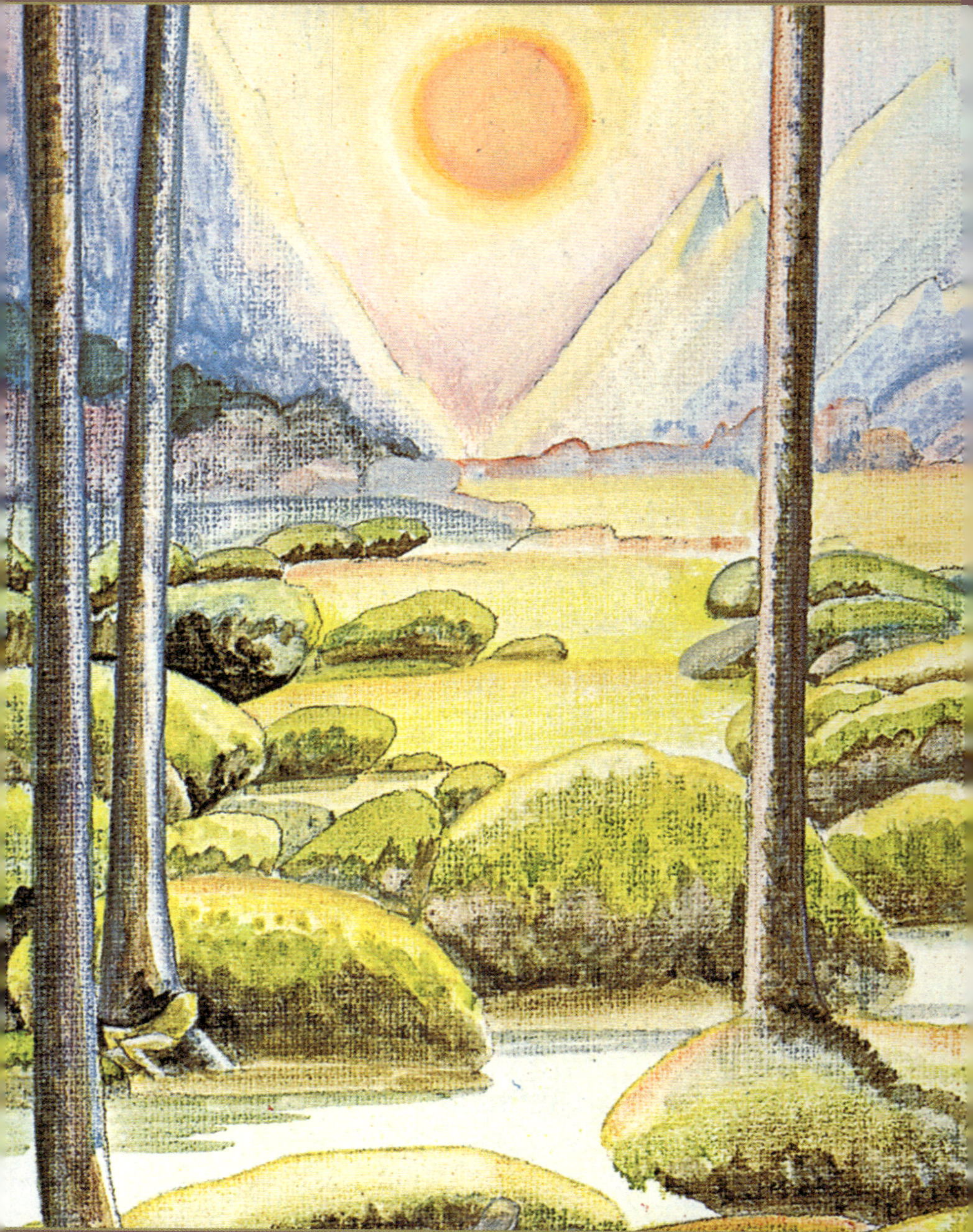

太阳升起,人类觉醒

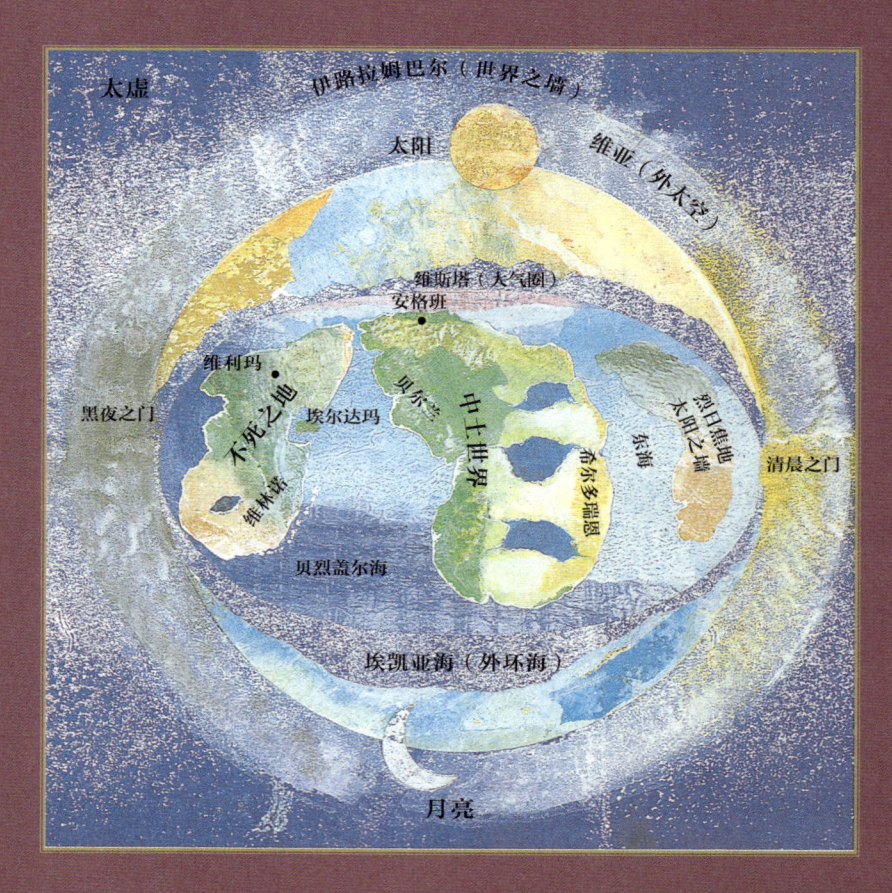

```
                         伊路拉姆巴尔（世界之墙）
     太虚
                              太阳                 维亚（外太空）

                                   维斯塔（大气圈）
                                   安格班
                          维利玛
    黑夜之门        不死之地    埃尔达玛  贝尔兰  中土世界    烈日焦地      清晨之门
                         维林诺              布尔多福恩  太阳之城
                                                    东海

                              贝烈盖尔海

                              埃凯亚海（外环海）

                                  月亮
```

30,000—30,601 年

第四部分 第一纪元的贝尔兰王国

太阳第一纪元

维拉创造了太阳和月亮,从而使人类在东部大地的希尔多瑞恩觉醒。诺多精灵发动了精灵宝钻争夺战,为追捕米尔寇进入贝尔兰,并进攻安格班要塞,对其的合围持续了四个世纪之久。然而,455 年合围被打破,安格班军团将精灵王国一个接一个地摧毁。最终,维拉卷土重来,在愤怒之战中捣毁安格班要塞,并将米尔寇永久地逐出太虚。

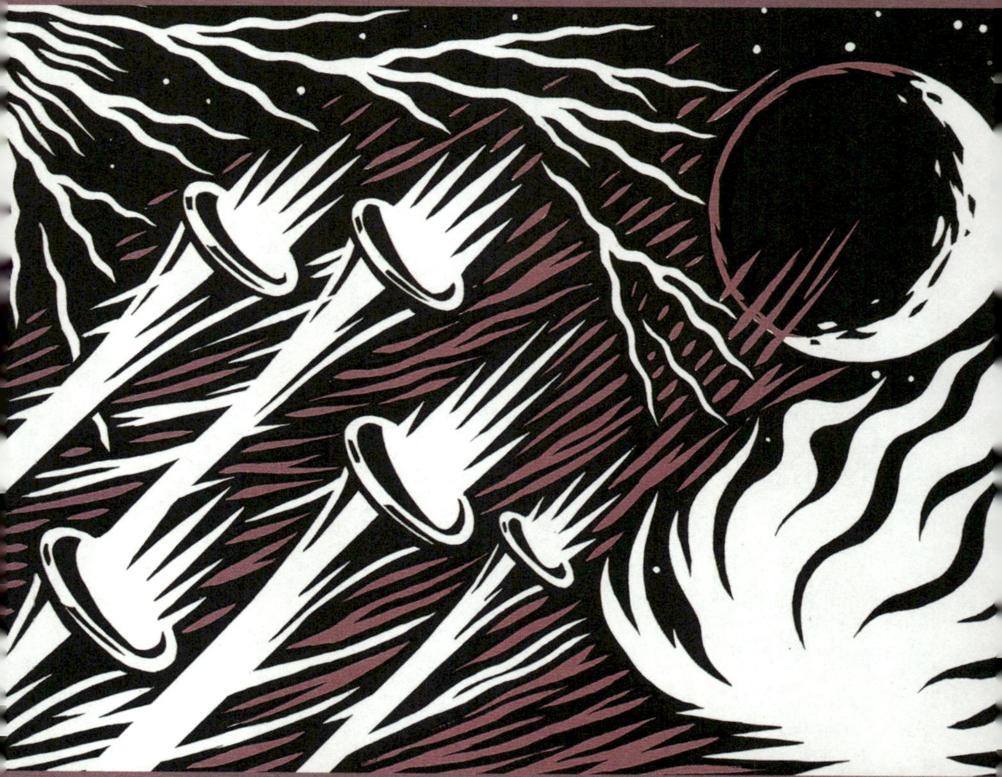

精灵奏响银色小号,欢迎月亮到来,接着太阳升起,世界黎明初降临

黎明初降临

虽然太阳纪元是托尔金作品中的重点，但在维拉第 30 纪元后，或者说是创世纪后凡间过了 3 万年后，太阳才开始升起。但太阳纪元持续的时间很长，算到第三纪元魔戒圣战结束时，持续了少说得有凡间的 7063 年。

在《维林诺编年史》早期记录中，托尔金讲到，创世纪后过了凡间的 29,980 年，米尔寇和巨蜘蛛乌苟立安特结束了维林诺双树纪元，让神树之光永远地熄灭。然而，雅凡娜和涅娜从"白树"泰尔佩瑞安上救下了一朵银花，还从"金树"劳瑞林上留住了一颗金色果实。金果银花在大容器里，经"工艺之神"奥力的锻造，在创世纪后第 30,000 年时，随着发光的大容器一起运往天际，变成太阳和月亮，此后也一直照耀着阿尔达的辽阔大地。

星辰重燃标志着精灵的觉醒，太阳升起则代表人类的觉醒。当第一缕阳光照进人类的双眼，他们便开始苏醒，进入新的纪元。伊露维塔在世纪之初创造了精灵，将其藏在苏醒湖中，同样也发明了

第四部分 第一纪元的贝尔兰王国

凡间种族——人类,并将其藏在中土世界的东部大地希尔多瑞恩。此处正是风之山脉外的"信徒之地"。

与精灵相比,人类的身体和精神条件都要逊色不少。他们只是凡人,寿命比矮人都短。精灵怀着悲悯之心给弱小的人类指明其可做之事,发现了人类之死亡是一种神秘的力量,因为人类更能适应瞬息万变的世界的需求。尽管人类很容易死亡,但他们可以大量繁衍,速度仅次于兽人。

游牧民族的部落在中土世界跋涉。伊甸人是其中最强的种族,也是最早进入贝尔兰的埃尔达王国的种族。太阳第一纪元就是英雄纪元,始于高等精灵诺多离开埃尔达玛,追击米尔寇("黑暗大敌"魔苟斯)。魔苟斯不仅毁掉了神树,还击毁了佛米诺斯的精灵堡垒,杀害了诺多国王,抢走了精灵宝钻。这三个宝石是诺多的最大宝藏,因为诺多就是维拉借着神树之光以宝石创造的。为夺回宝石,诺多发动了精灵宝钻争夺战,托尔金还为此专门写了《精灵宝钻》。精灵宝钻争夺战持续了六个世纪之久,包括六场主要战役。

在进入太阳第一纪元 20 多年前,魔苟斯熄灭了神树之光,抢走了精灵宝钻,逃向安格班要塞。过了 10 年,贝尔兰战役爆发,魔苟斯派其兽人领队与贝尔兰的精灵作战。结果兽人军团被打得溃不成军,被赶回安格班要塞。第二场战役于太阳升起之前 4 年时打响,名为"星光下的战役",也称"努因吉利雅斯战役",交火双方是魔苟斯军团与贝尔兰西北部新来的诺多精灵。虽然诺多寡不敌众，但还是顽强地战斗了10天。他们见一个杀一个，把兽人逼得退回安格班要塞。

在太阳第一纪元56年时，魔苟斯军团养足兵马，数量超出前两次作战成员之和。

第三次战役叫"光荣之战"，也称"达戈·阿格拉瑞布战役"。此次战役中，精灵们不仅击溃了魔苟斯的兽人兵团，还拦住他们撤退的去路，将其一举歼灭，获得了彻底的胜利，此后精灵们密切监视安格班要塞，长达近四个世纪。这段时间内，兽人袭击了希斯隆，"恶龙"格劳龙在260年也发动袭击，不过大多时候贝尔兰都算是处在和平年代。魔苟斯的奴仆中，很少有胆敢冒险往南到铁山去的。然而，魔苟斯做好了充分准备后，最终打破这长久的和平。455年，魔苟斯的兽人军团在炎魔和喷火龙的带领下，发动了第四次战役，叫作"骤火之战"，也称"达戈·布拉格拉赫战役"。紧接着是第五次战役，叫作"泪雨之战"，也称"尼尔耐斯·阿诺迪亚德战役"。这两次战役中，魔苟斯取得全胜，贝尔兰所有的精灵王国最终毁于一旦。496年，纳国斯隆德被洗劫一空。明霓国斯被毁不久后，最后一个精灵堡垒贡多林也于511年陷落。

魔苟斯对中土世界的残酷统治持续了近一个世纪。最终维拉和迈雅无法对他的恶行坐视不理，601年，他们第三次也是最后一次向

第四部分 第一纪元的贝尔兰王国

这位"黑暗大敌"宣战,即"愤怒之战",也称"大战役"。战况实在是太激烈,不仅安格班要塞被捣毁,贝尔兰所有美丽的土地都惨遭破坏。魔苟斯尽管召集了麾下所有妖魔鬼怪,还组建了一个喷火龙兵团,但最终还是战败,被永远地逐出太虚。但精灵这次取胜代价惨重:贝尔兰毁于一旦,铁山和蓝色山脉分崩离析,大洪水汹涌而入。贝尔兰没能抵挡洪水的冲击,最终沉入西海,太阳第一纪元就这样走向结束。

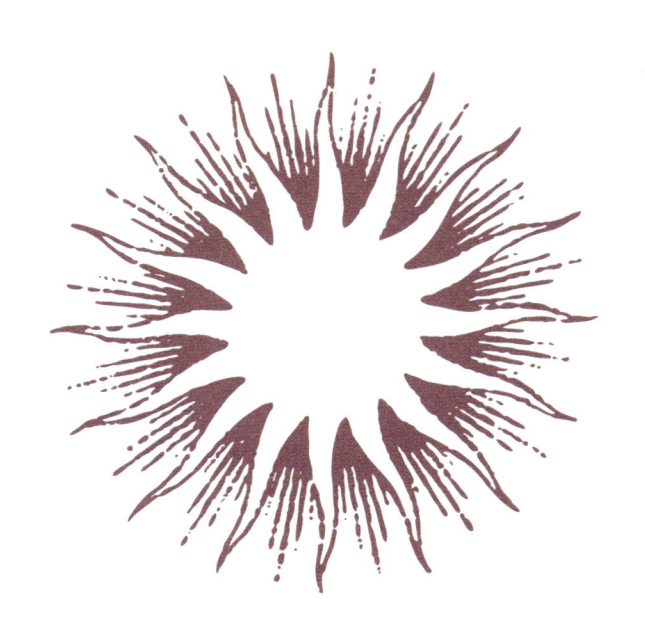

贝尔兰诸次大战

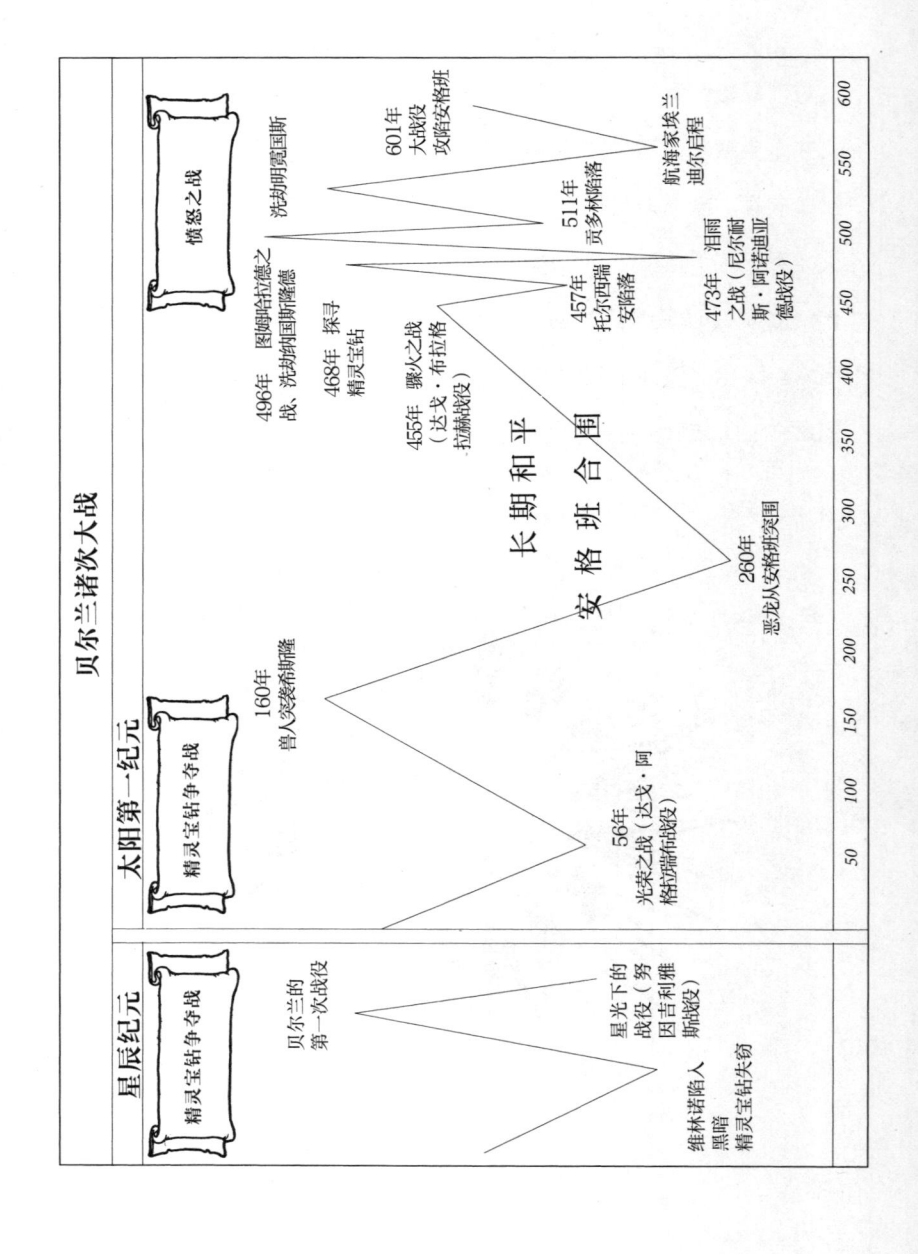

星辰纪元

精灵宝钻争夺战

- 贝尔兰的第一次战役
- 星光下的战役（努因吉利雅斯战役）
- 维林诺陷入黑暗 精灵宝钻失窃

太阴第一纪元

精灵宝钻争夺战

- 56年 光荣之战（达戈·阿格拉瑞布战役）
- 160年 兽人突袭希斯隆
- 260年 恶龙从安格班突围
- 长期和平 安格班合围
- 455年 骤火之战（达戈·布拉格拉赫战役）
- 457年 托尔西瑞安陷落
- 468年 探寻精灵宝钻
- 473年 泪雨之战（尼尔奈斯·阿诺迪亚德战役）
- 496年 图姆哈拉德之战，洗劫纳国斯隆德
- 511年 贡多林陷落
- 航海家埃兰迪尔启程
- 洗劫明霓国斯
- 601年 大战役 攻陷安格班

愤怒之战

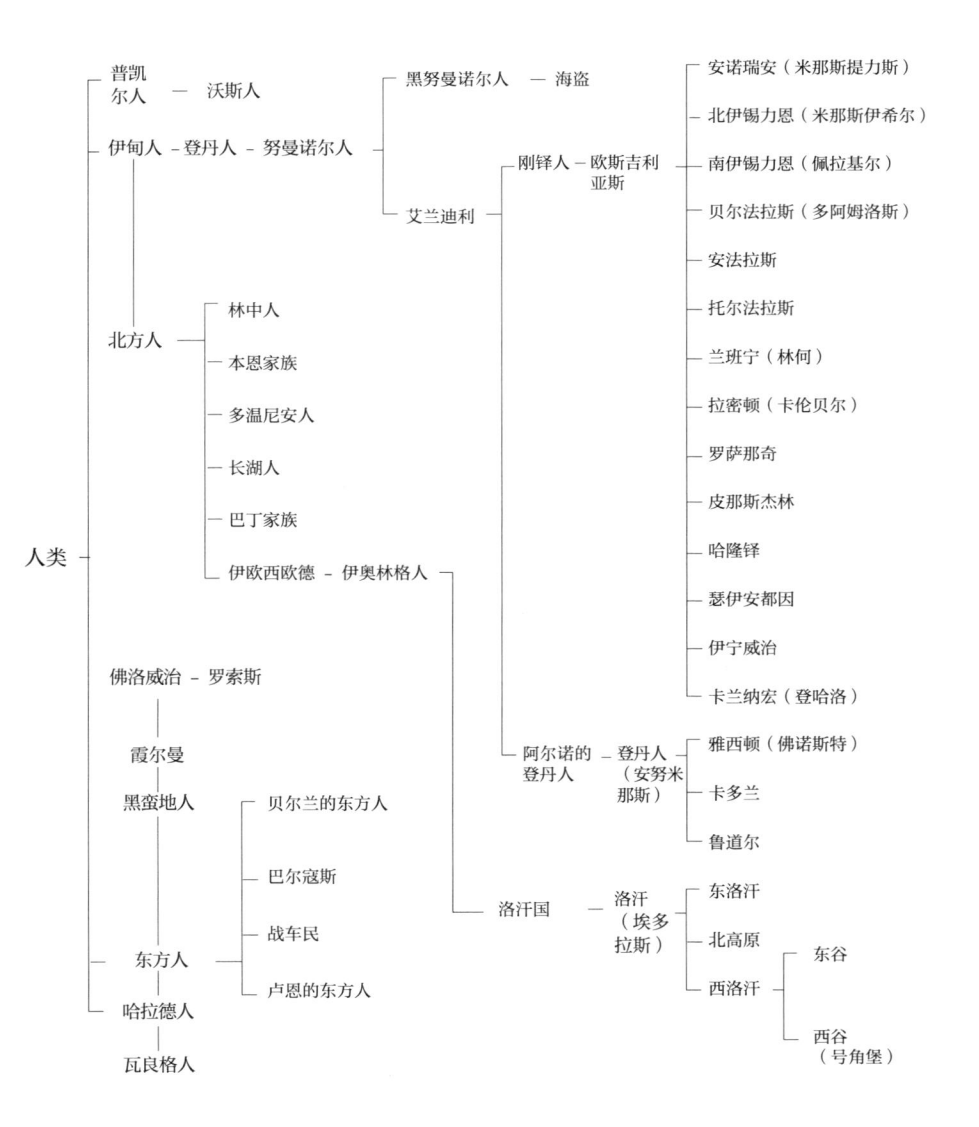

```
                              ┌─ 黑努曼诺尔人 ── 海盗              ┌─ 安诺瑞安（米那斯提力斯）
              ┌─ 普凯   ┌─ 沃斯人                              ├─ 北伊锡力恩（米那斯伊希尔）
              │  尔人                                          ├─ 南伊锡力恩（佩拉基尔）
              ├─ 伊甸人 ─ 登丹人 ─ 努曼诺尔人                    ├─ 贝尔法拉斯（多阿姆洛斯）
              │                         └─ 艾兰迪利 ─ 刚铎人 ─ 欧斯吉利  ├─ 安法拉斯
              │                                          亚斯  ├─ 托尔法拉斯
              │            ┌─ 林中人                           ├─ 兰班宁（林何）
              │            ├─ 本恩家族                         ├─ 拉密顿（卡伦贝尔）
              ├─ 北方人 ────┼─ 多温尼安人                       ├─ 罗萨那奇
              │            ├─ 长湖人                           ├─ 皮那斯杰林
              │            ├─ 巴丁家族                         ├─ 哈隆铎
              │            └─ 伊欧西欧德 ─ 伊奥林格人            ├─ 瑟伊安都因
              │                                                ├─ 伊宁威治
              │                                                └─ 卡兰纳宏（登哈洛）
  人类 ──────┤  佛洛威治 ─ 罗索斯
              │     │                                       ┌─ 雅西顿（佛诺斯特）
              │   霞尔曼                         阿尔诺的   ├─ 卡多兰
              │     │                           登丹人 ─ 登丹人
              │   黑蛮地人           ┌─ 贝尔兰的东方人      （安努米  └─ 鲁道尔
              │     │               ├─ 巴尔寇斯              那斯）
              │   东方人 ────────────┼─ 战车民                           ┌─ 东洛汗
              │     │               └─ 卢恩的东方人           ┌─ 洛汗    ├─ 北高原       ┌─ 东谷
              ├─ 哈拉德人                         洛汗国 ──── │ （埃多   │             │
              │                                                拉斯）  └─ 西洛汗 ──────┤
              └─ 瓦良格人                                                              └─ 西谷
                                                                                      （号角堡）
```

人类族谱

树人群落
胡恩树灵

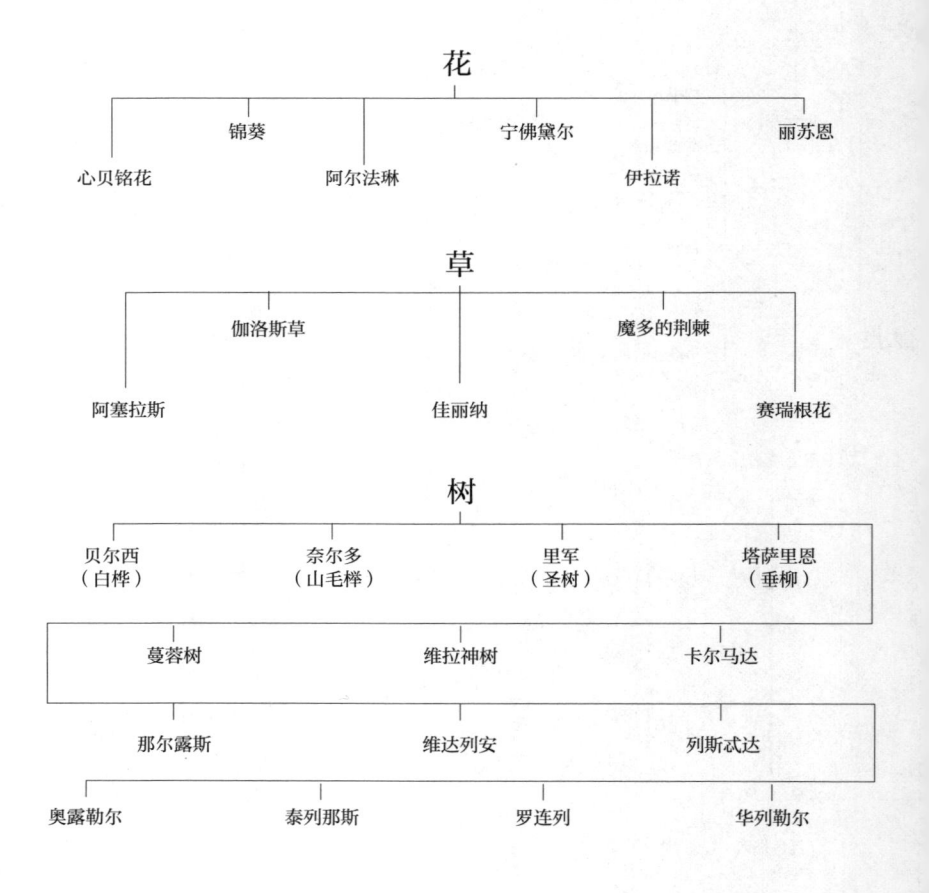

花

- 心贝铭花
- 锦葵
- 阿尔法琳
- 宁佛黛尔
- 伊拉诺
- 丽苏恩

草

- 阿塞拉斯
- 伽洛斯草
- 佳丽纳
- 魔多的荆棘
- 赛瑞根花

树

- 贝尔西（白桦）
- 奈尔多（山毛榉）
- 里军（圣树）
- 塔萨里恩（垂柳）
- 蔓蓉树
- 维拉神树
- 卡尔马达
- 那尔露斯
- 维达列安
- 列斯忒达
- 奥露勒尔
- 泰列那斯
- 罗连列
- 华列勒尔

欧瓦：阿尔达的植物

恶龙
- 冷龙
- 喷火蜉蝣火龙
- 带翼火龙

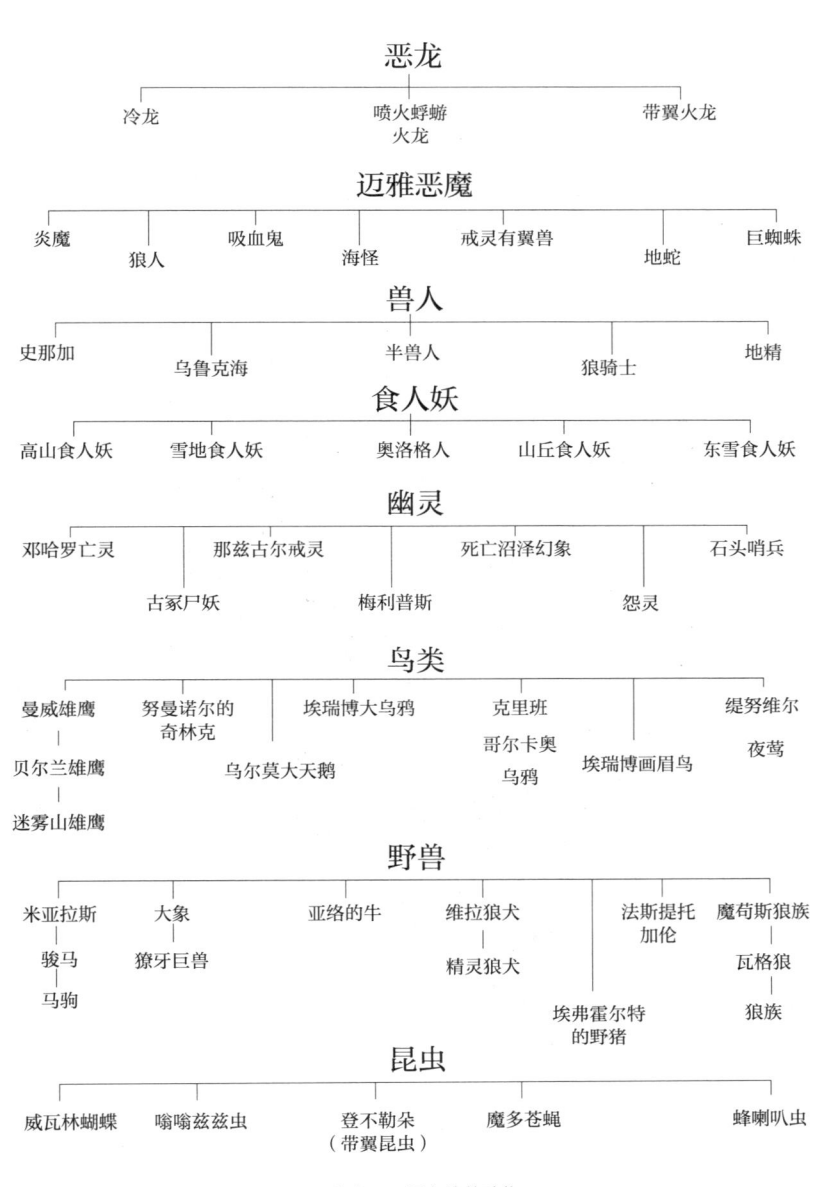

迈雅恶魔
- 炎魔
- 狼人
- 吸血鬼
- 海怪
- 戒灵有翼兽
- 地蛇
- 巨蜘蛛

兽人
- 史那加
- 乌鲁克海
- 半兽人
- 狼骑士
- 地精

食人妖
- 高山食人妖
- 雪地食人妖
- 奥洛格人
- 山丘食人妖
- 东雪食人妖

幽灵
- 邓哈罗亡灵
- 那兹古尔戒灵
- 死亡沼泽幻象
- 石头哨兵
- 古冢尸妖
- 梅利普斯
- 怨灵

鸟类
- 曼威雄鹰
  - 贝尔兰雄鹰
  - 迷雾山雄鹰
- 努曼诺尔的奇林克
- 埃瑞博大乌鸦
  - 乌尔莫大天鹅
- 克里班哥尔卡奥乌鸦
  - 埃瑞博画眉鸟
- 缇努维尔夜莺

野兽
- 米亚拉斯
  - 骏马
  - 马驹
- 大象
  - 獠牙巨兽
- 亚络的牛
- 维拉狼犬
  - 精灵狼犬
- 法斯提托加伦
  - 埃弗霍尔特的野猪
- 魔苟斯狼族
  - 瓦格狼
  - 狼族

昆虫
- 威瓦林蝴蝶
- 嗡嗡兹兹虫
- 登不勒朵（带翼昆虫）
- 魔多苍蝇
- 蜂喇叭虫

凯尔瓦：阿尔达的动物

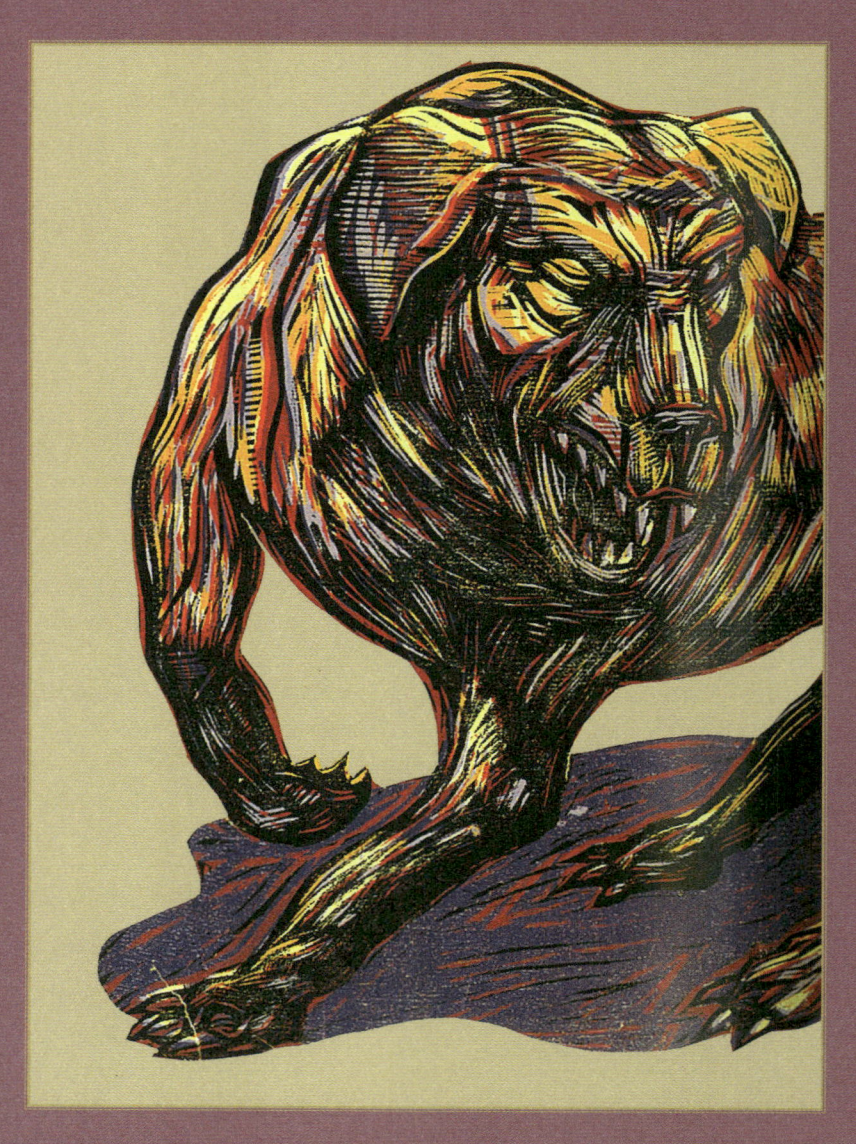

胡安——中土世界最强狼犬

第四部分 第一纪元的贝尔兰王国

维林诺的胡安

欧洛米将大力狼犬胡安交给精灵之主凯莱戈姆。胡安永不停歇地捕猎,甚至从不睡觉。当他的主人纳国斯隆德的凯莱戈姆抓住了露西安公主,胡安感到不安,觉得这是个错误,于是他协助露西安公主逃走,并与她一起踏上探寻精灵宝钻的旅程。

骤火之战

精灵们对安格班要塞的监视长达近四个世纪之久,其间贝尔兰一直处于和平状态,但魔苟斯可没有坐以待毙。455年,安戈洛坠姆有烟火喷薄而出,而在这黑暗与灰烬中,一支由炎魔、兽人和喷火龙组成的邪恶军团从安格班强势现身。精灵和伊甸人英勇地并肩作战,但被无情地击败。短短60年都不到的时间内,中土世界所有的精灵王国都遭到敌对势力攻击,不是毁于一旦,就是被占领了。

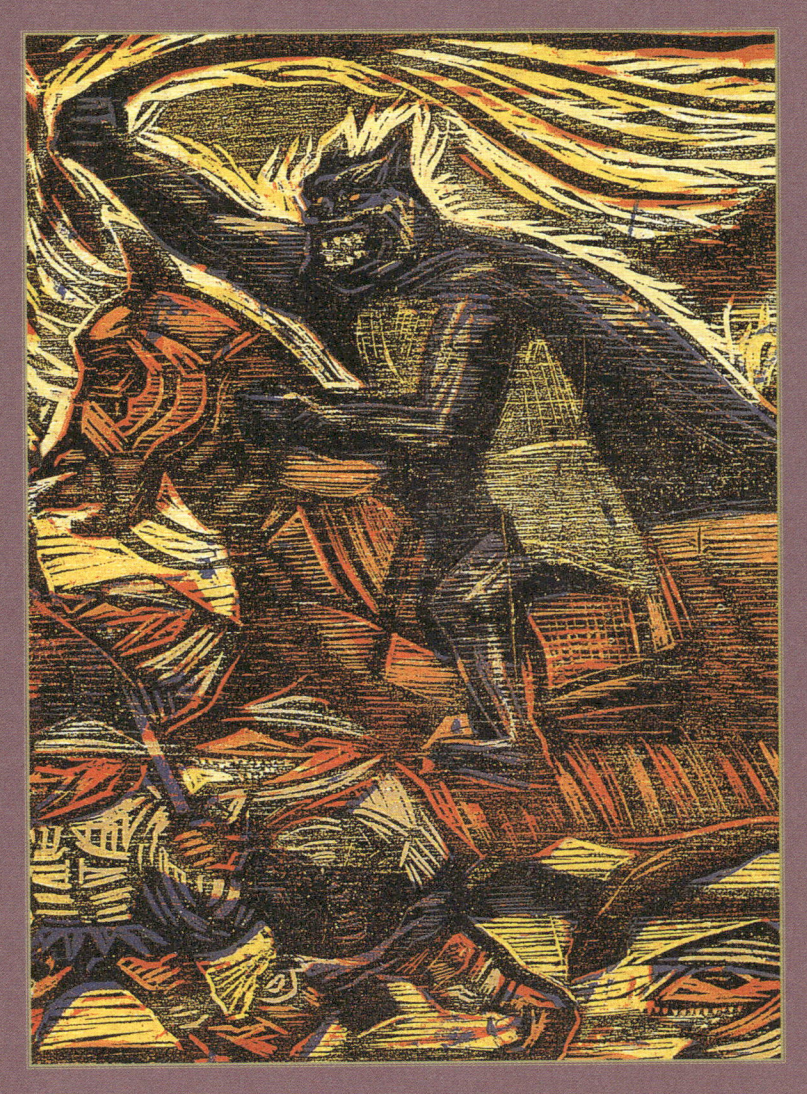

魔苟斯军团的残酷屠杀

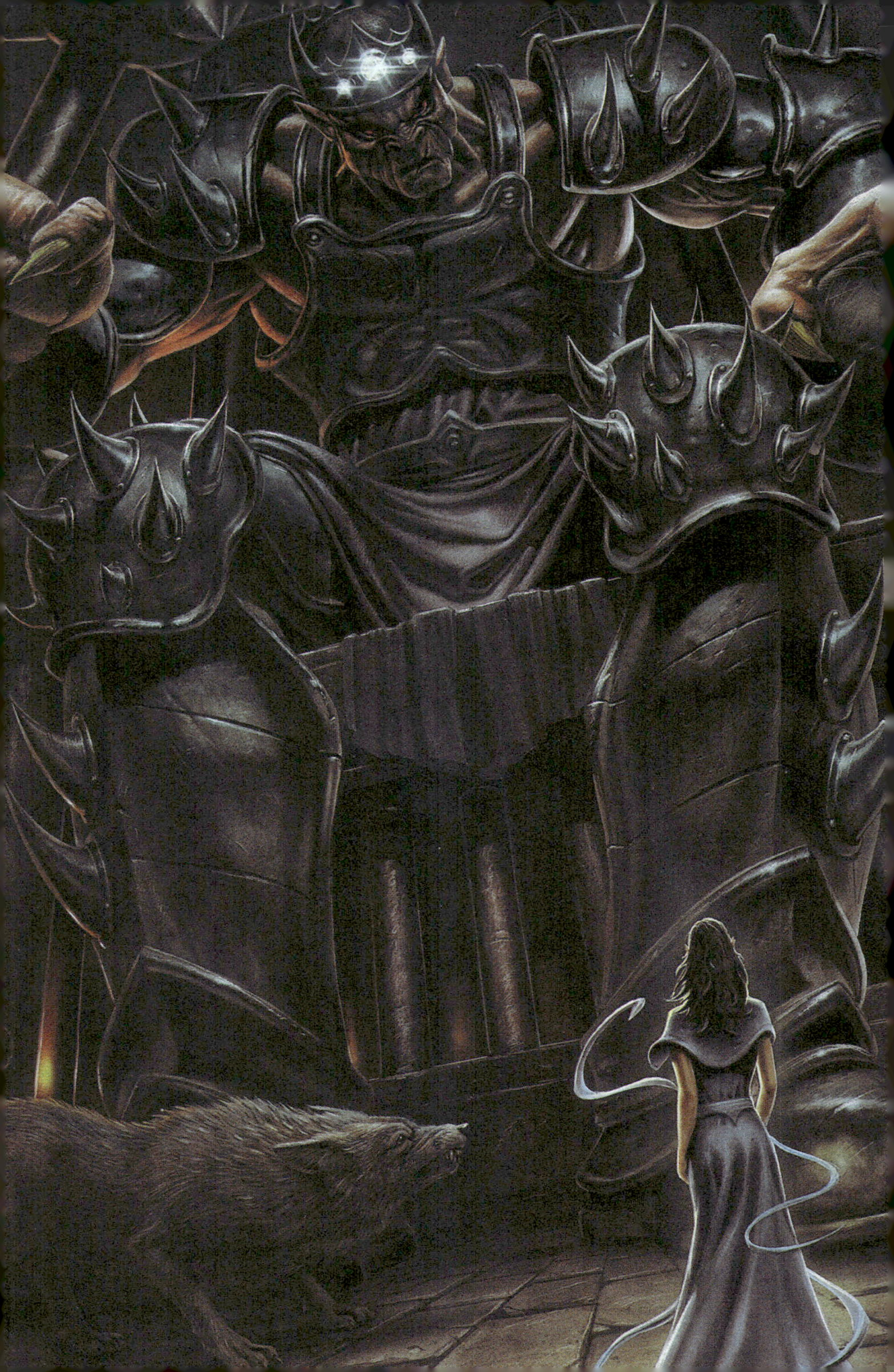

第四部分 第一纪元的贝尔兰王国

探寻精灵宝钻

虽然成千上万的兵马在旷日持久的精灵宝钻争夺战和骤火之战中丧生,但仅仅靠凡间独手贝伦和精灵公主露西安这一对时运不济情侣的共同努力,就将三个被盗的精灵宝钻中的一个从可怕的"黑暗大敌"魔苟斯手中夺回。探寻精灵宝钻时,这对情侣借露西安符咒之力进入安格班地下要塞及兵工厂,走到其最下面的房间时,精灵最美后代露西安对着"黑暗大敌"魔苟斯的王位高歌,歌声如魔法般让人沉醉。

102 页图:露西安公主在魔苟斯面前高歌

炎魔勾斯魔格

米尔寇带着最强大、最恐怖的恶灵一起前往阿尔达，而炎魔之王勾斯魔格就是其中之一。勾斯魔格带着一把火鞭，有时还会挥舞一把黑斧。在贝尔兰战役中，他带领着炎魔、兽人和食人妖组成的兵团大肆糟蹋精灵、矮人，以及人类赖以生存的家园。在洗劫隐秘城市贡多林时，对付爱克希里昂成为勾斯魔格的最大挑战。

炎魔之王勾斯魔格的进攻难以抵抗

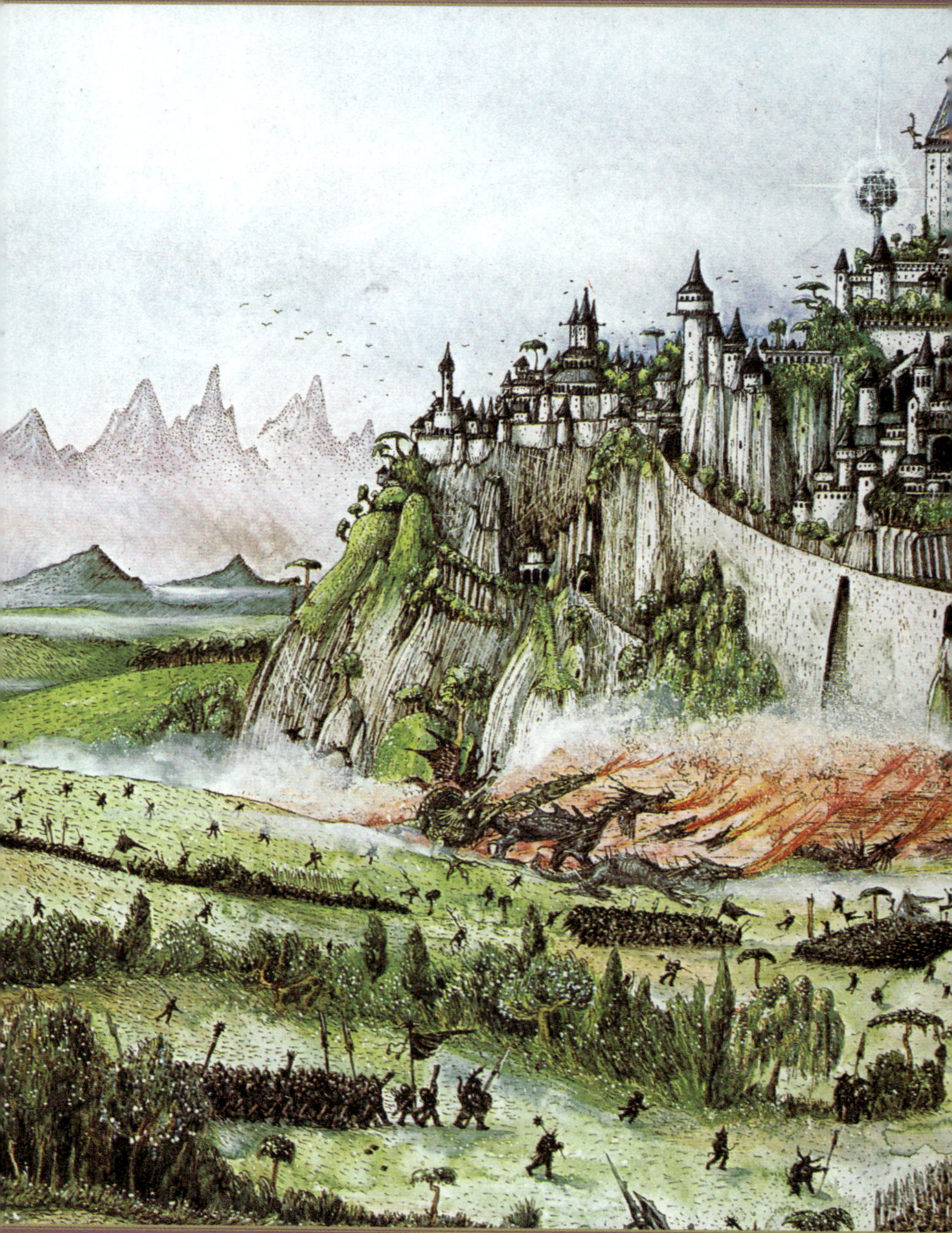

隐秘城市贡多林被"黑暗大敌"魔苟斯攻陷

贡多林的陷落

据说中土世界最美丽的精灵之城就是"隐秘王国"贡多林了,这是在精灵宝钻争夺战中幸存的最后一个精灵王国。国王是诺多领主图尔贡,也正是他明智地把贡多林藏在环抱山脉中,但最终还是不幸被魔苟斯的奴仆发现。兽人、食人妖,以及乘着喷火龙的炎魔兵团现身城门,虽然精灵们誓死抵抗,贡多林还是惨遭洗劫,贝尔兰王国彻底毁灭。

第四部分 第一纪元的贝尔兰王国

安格班的毁灭

维拉在目睹贝尔兰精灵和人类的战败和痛苦遭遇后，再也无法对魔苟斯对中土世界的黑暗统治坐视不理。于是维拉与迈雅加入愤怒之战，对抗魔苟斯的残酷王国安格班。整个世界都被本次战火波及：铁山分崩离析，地牢和刑讯室也被毁掉。魔苟斯麾下的恶龙和妖怪悉数参战，但都被维拉之主杀死。魔苟斯的奴仆们被打散，自己也被赶出太虚，太阳第一纪元由此终结。虽然魔苟斯的恶行还残存在世上，但邪恶之主总算永久消失了。

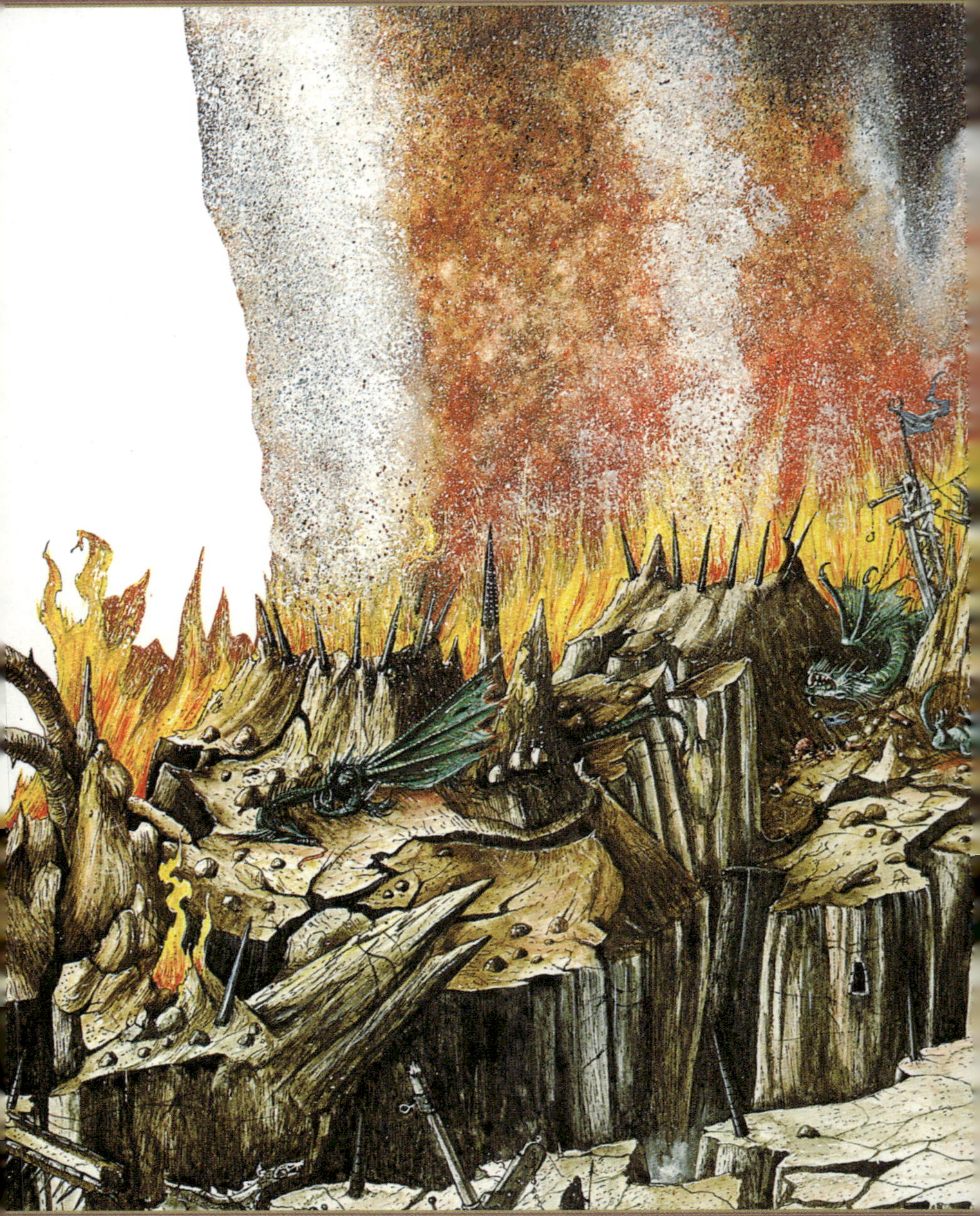

安格班无法抵御维拉之怒

第五部分

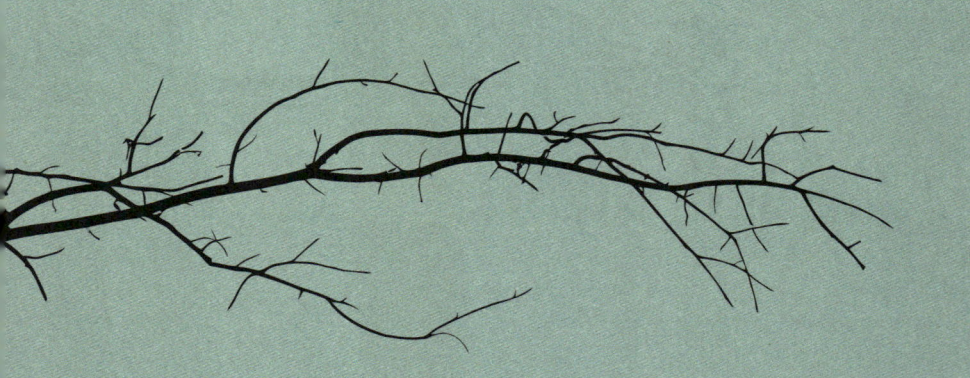

第二纪元的
努曼诺尔帝国

安度因　努曼诺尔

罗门纳

埃尔达隆　雅米涅洛斯

# 努曼诺尔

太阳第二纪元伊始，维拉使星形小岛浮出西海海面，这就是努曼诺尔，后来发展成为阿尔达最强的人类王国。努曼诺尔人的寿命要比普通人类长得多。几个世纪以来，努曼诺尔人变得身强体壮、财力雄厚，其海军穿梭于凡间的各大海域。努曼诺尔除了常被人类叫作韦斯特内西外，还有很多名字："馈赠之地"安多、"星辰之地"埃伦纳，以及"沉沦之地"亚特兰地。最后一个名字，是因为努曼诺尔是托尔金对于古老神话中的亚特兰蒂斯失地的再创造。

太阳第二纪元

太阳第二纪元也可以说是努曼诺尔人之纪元。正如"阿卡贝拉斯"和"努曼诺尔的沉沦"中所讲的那样,维拉在中土世界和阿门洲之间广阔的海域新造了一片土地,将其赠给了第一纪元伊甸人的后裔。

托尔金笔下的努曼诺尔是一个五角星形的岛国,最窄之处大约有402千米,而最远海岬之间的距离是其近两倍。努曼诺尔分为六大区域,包括"五角星"的五个角以及一个中心地带,圣山米涅尔塔玛,也就是努曼诺尔最高山"通天柱",就坐落在中心地带。圣山斜坡上是"国王之城"雅米涅洛斯,这里不仅生活着数量最多的努曼诺尔人,还住着国王。再往下是罗门纳皇家港口。此外,知名港口城市还有埃尔达隆和安度因,向西与阿门洲隔海相望。

努曼诺尔的第一个国王是爱洛斯,埃兰迪尔之子、半精灵埃尔隆德的孪生兄弟。第一纪元结束之际,维拉让半精灵兄弟选择自己的命运,埃尔隆德选择成为不朽的精灵,而爱洛斯选择做凡人伊甸人的国王。然而,身为半精灵,他的寿命有500年,在第二纪元以国王的身份统治努曼诺尔,直至442年。

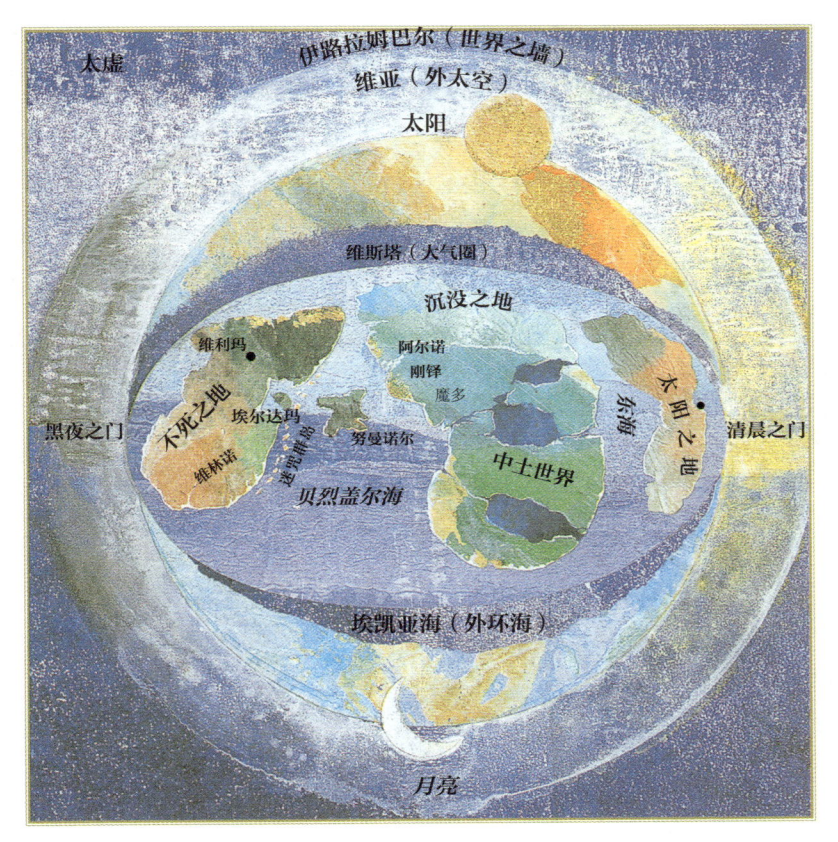

第五部分 第二纪元的努曼诺尔帝国

30,601—34,042 年

努曼诺尔人在岛国茁壮成长、享受繁荣昌盛时，中土世界的高等精灵在末代高等精灵国王吉尔加拉德的号召下在林顿聚集起来。灰精灵辛达在绿林大地和安都因河谷的罗斯洛立安金色森林建立了森林精灵王国。8世纪，凯勒布里鹏麾下的诺多精灵建立了"精灵

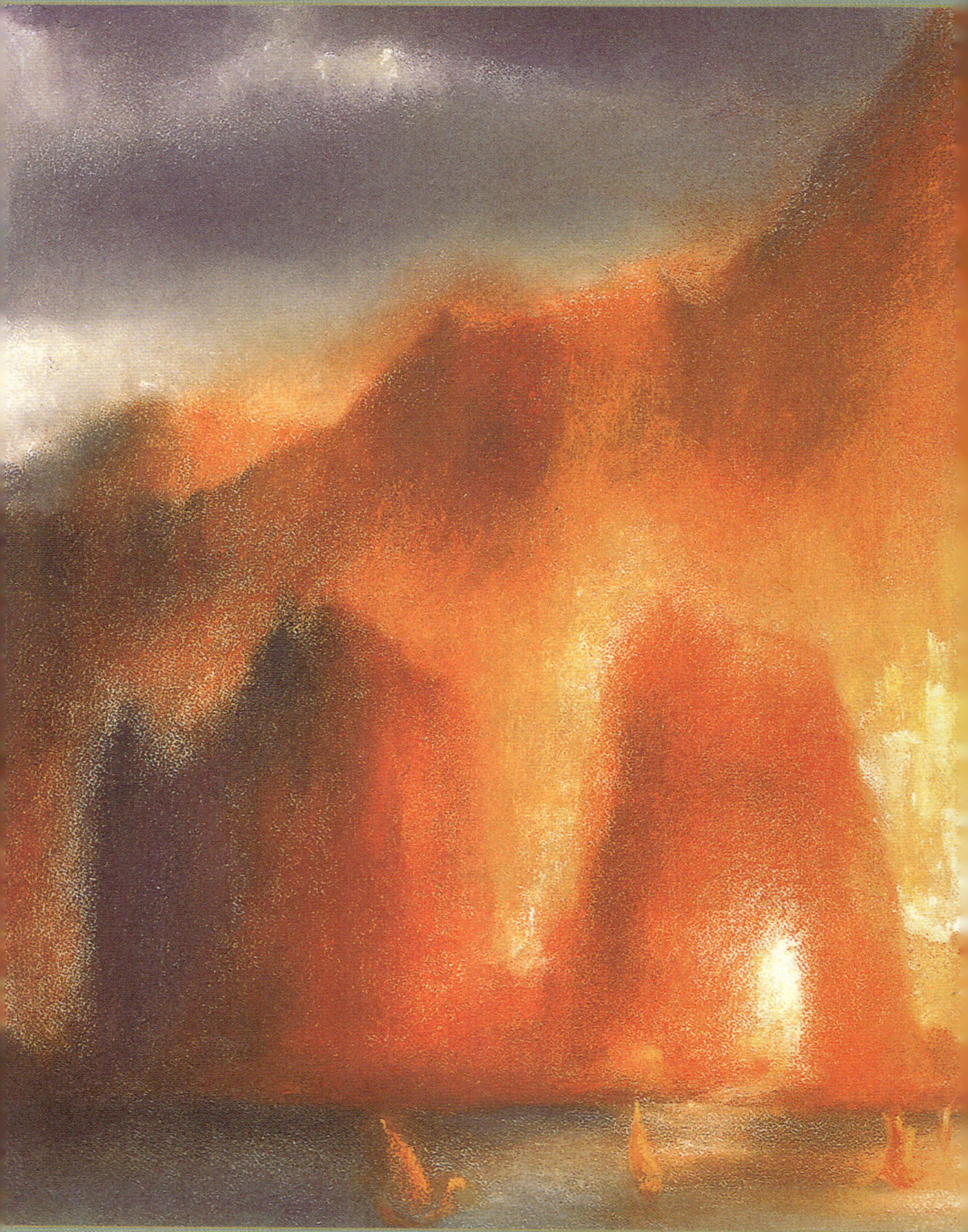

努曼诺尔——最繁华的人类王国

工匠王国"伊瑞詹，就在迷雾山上的矮人王国卡扎督姆以西。然而，此时还有一支强大势力崛起。巫师索伦仍在凡间，悄悄继承了米尔寇的中土世界"黑暗魔君"的身份。

  1000年时，索伦开始悄悄地建立邪恶王国魔多，奴役了东部和南部蛮人，并把兽人等种族纳入魔多王国。此外，索伦还建立了"邪黑塔"巴拉督尔，化身为美丽的"安纳塔"（昆雅语，意为"天赋宗师"），希望靠自己的智慧和力量诱惑其他精灵。索伦只骗到了伊瑞詹的凯勒布里鹏和精灵工匠们。索伦的魔法结合精灵工匠们的炼金术创造了很多新奇事物。1500年时，在索伦的指导下，他们把能力发挥到极致，开始打造力量魔戒。1600年时，魔戒锻造完成，索伦背信弃义，回到了巴拉督尔之城魔多，并锻造了至尊魔戒，因此成为"魔戒之王"。精灵工匠们意识到这个骗局，发现自己为索伦的"魔戒计划"作嫁衣后怒不可遏，便开始报复。于是精灵跟索伦之间的血腥战役在1693年打响了，一直持续到1701年。在战火中，索伦杀害了凯勒布里鹏，毁掉了精灵工匠之城，毁掉了伊瑞詹，几乎推翻了整个伊利雅德。卡扎督姆的矮人从战火中撤退，开始封闭自我，之后一直躲在隐秘王国莫瑞亚（辛达语，意为"黑色裂谷"）。伊瑞詹的精灵们大多在战火中丧生，只有少数幸存。幸存的这些精灵在半精灵埃尔隆德的带领下，前往迷雾山的山麓丘陵，建立了殖民地伊姆拉崔，该地后来被人类称作"瑞文戴尔"。

第五部分 第二纪元的努曼诺尔帝国

战胜凯勒布里鹏后,索伦召集其军团进攻林顿的吉尔加拉德。最后时刻,努曼诺尔人的强大舰队加入精灵战队行列。索伦军团溃不成军,只得退回魔多。

此后的一千年,索伦并未对精灵发起进攻,而是混迹于东方人和哈拉德人部落间,还把人类九戒分给了那些野蛮的国王。到23世纪,他们都变成了索伦的主要奴仆——戒灵。

与此同时,努曼诺尔人变成了世界上最强的海上力量,在中土世界的海岸上建立了许多殖民地,还建立了昂巴和佩拉基尔等要塞港口。

3261年,努曼诺尔人在昂巴组建了一支无敌舰队和一支庞大的军队,向魔多进攻。索伦看到强大军队来袭,不得不从邪黑塔下来投降,这一举动震惊世人。

努曼诺尔人用铁链锁住索伦,把他带回自己的地盘,监禁在最严密的地牢中。但索伦通过诡计做到了仅靠武力所做不到的事情。他故意诱导骄傲的努曼诺尔人,使其黑化,并向维拉发动攻击。黑化计划成功,努曼诺尔人竟敢发动最强舰队向西行进,对阿尔达发起挑战。正因此举,伊露维塔让努曼诺尔岛分崩离析:山脉与城市倒塌、海水波涛汹涌,努曼诺尔岛沉入深不见底的海洋。

这场灾难带来了世界之变。阿门洲划离世界范围,只有上等精灵乘精灵船经阳关大道才能涉足。这就是我们所知的神话中亚特兰

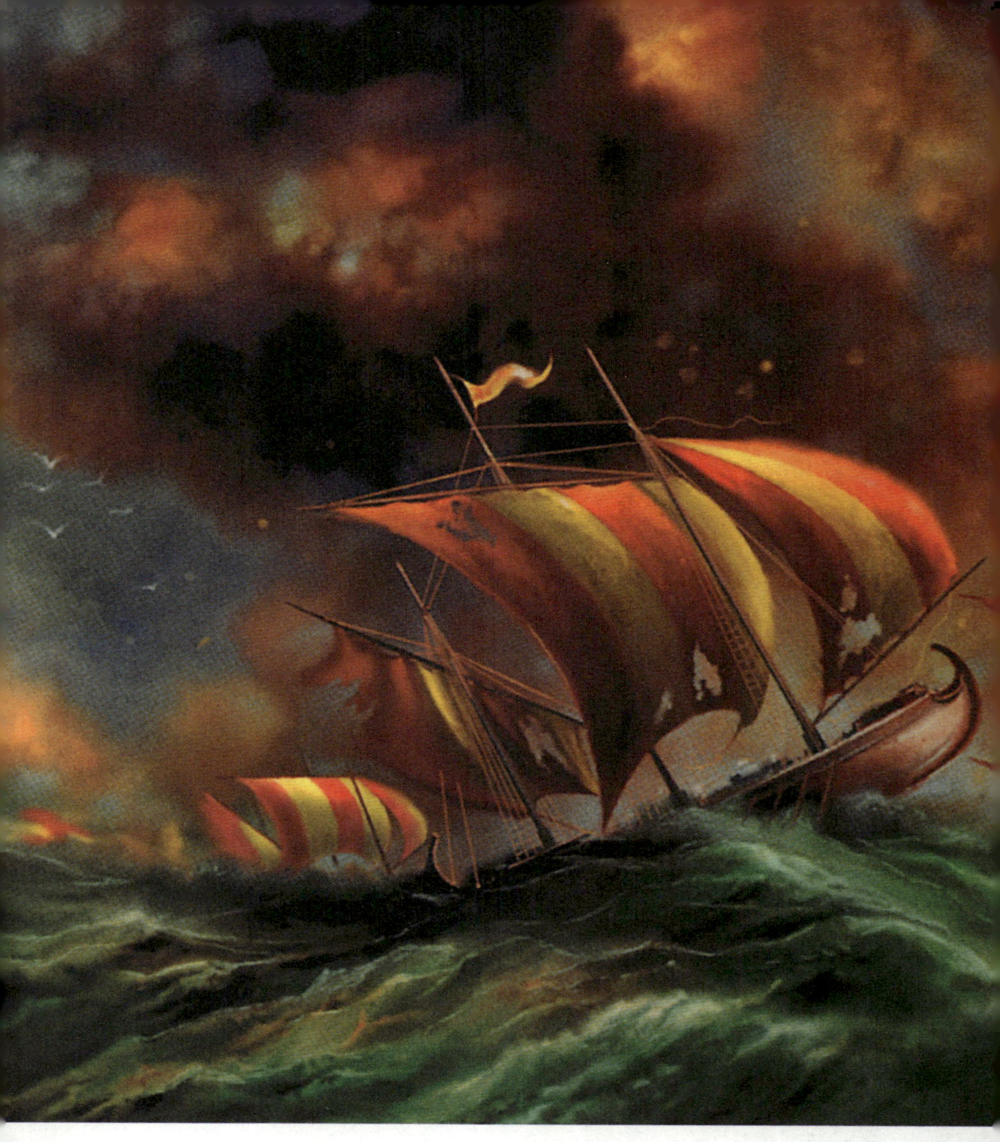

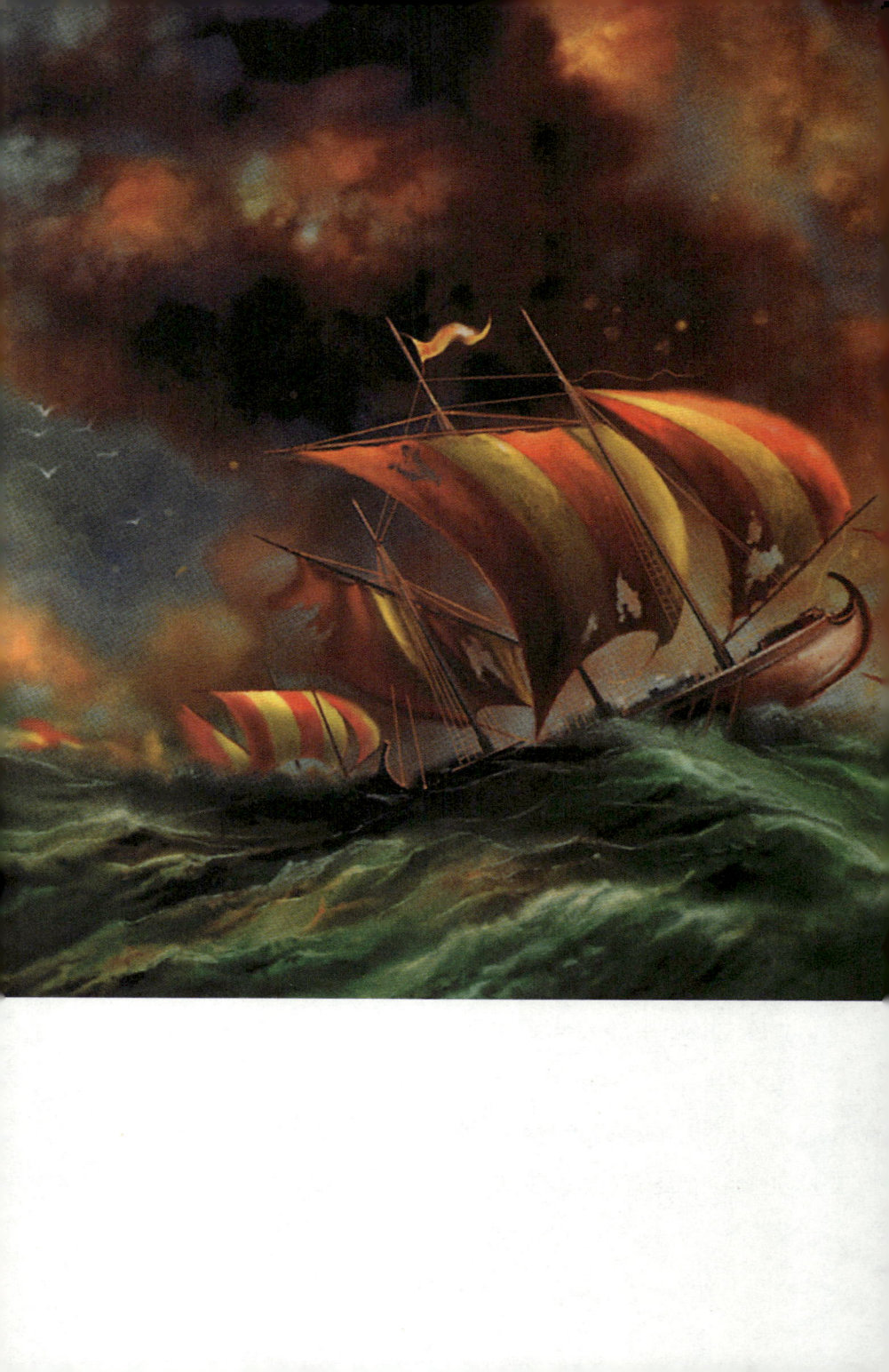

自不量力的努曼诺尔人妄图挑衅维拉，反而自取灭亡

蒂斯纪元终结，世界自身开始发展起来。它不再只是一个被环抱海域、大气层和外太空包围的扁平世界，而是成了我们如今所知的球体。

但努曼诺尔于3319年沉没、努曼诺尔人的遗产不见踪影之时，第二纪元仍未结束。因为正如那个时代的故事所讲述的那样，有些努曼诺尔人管自己叫"虔诚信徒"。他们支持安度因王子的领导，绝不放弃维拉和埃尔达。大灾难爆发时，他们在高大的埃兰迪尔的

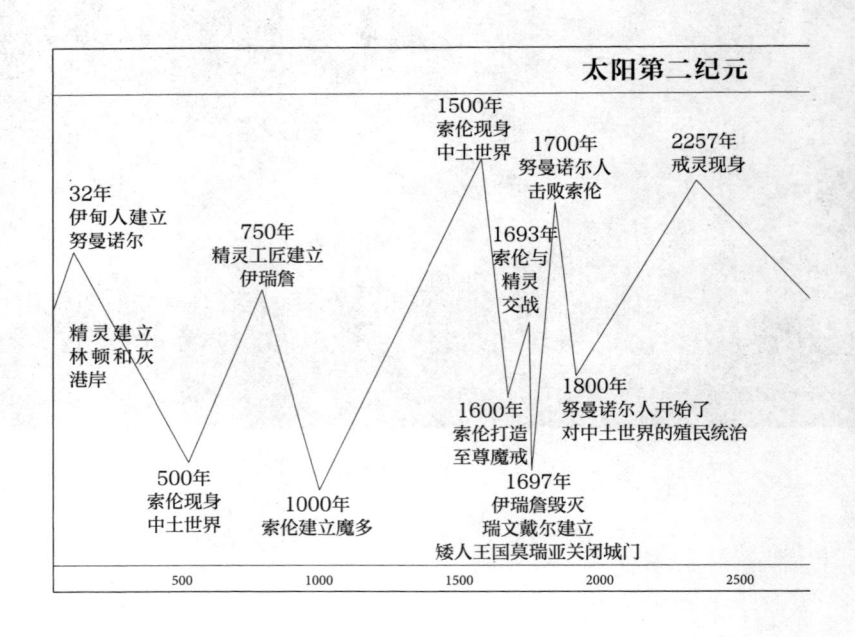

太阳第二纪元

- 32年 伊甸人建立努曼诺尔
- 精灵建立林顿和灰港岸
- 500年 索伦现身中土世界
- 750年 精灵工匠建立伊瑞詹
- 1000年 索伦建立魔多
- 1500年 索伦现身中土世界
- 1600年 索伦打造至尊魔戒
- 1693年 索伦与精灵交战
- 1697年 伊瑞詹毁灭 瑞文戴尔建立 矮人王国莫瑞亚关闭城门
- 1700年 努曼诺尔人击败索伦
- 1800年 努曼诺尔人开始了对中土世界的殖民统治
- 2257年 戒灵现身

第五部分 第二纪元的努曼诺尔帝国

领导下，驶出了九艘船，向东航向中土世界海岸。他们就是登丹人——努曼诺尔的幸存者，在中土世界建立起阿尔诺与刚铎王国。

然而很快又发生了新的冲突，因为索伦也借至尊魔戒之力幸存，逃回魔多，并盘算着把中土世界上幸存的精灵和登丹王国一起毁灭。

为了复仇，精灵和人类最后一次结盟，在达戈拉德之战击溃索伦军团，而后又进入魔多，包围邪黑塔。七年之后，索伦彻底被打倒。

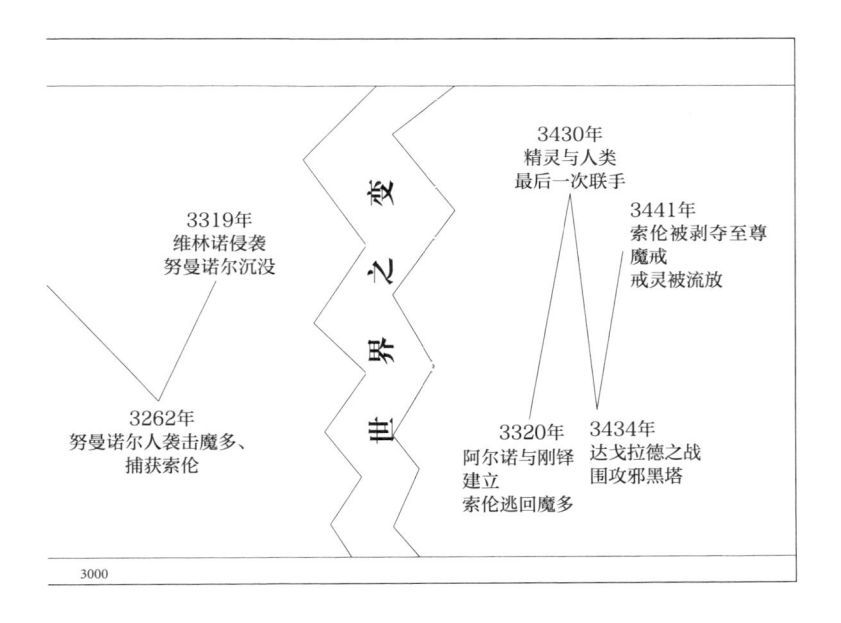

世界之变

3319年
维林诺侵袭
努曼诺尔沉没

3262年
努曼诺尔人袭击魔多、
捕获索伦

3430年
精灵与人类
最后一次联手

3441年
索伦被剥夺至尊
魔戒
戒灵被流放

3320年
阿尔诺与刚铎
建立
索伦逃回魔多

3434年
达戈拉德之战
围攻邪黑塔

3000

黑努曼诺尔人

昂巴港口与城市是第二纪元中土世界中努曼诺尔的最强前哨。随"魔戒之王"索伦黑化的那些人则在努曼诺尔的沉没与世界之变中幸存。正如努曼诺尔的"虔诚信徒"在中土世界北方人中建立阿尔诺与刚铎王国一样,昂巴的黑努曼诺尔人与南方人建立了强大联盟——哈拉德。第三纪元,强大的黑暗船只无敌舰队频繁派出船只,加入魔多联盟,与敌人阿尔诺与刚铎殊死搏斗。

昂巴兽是努曼诺尔殖民地,后来被南方人掠夺

第六部分

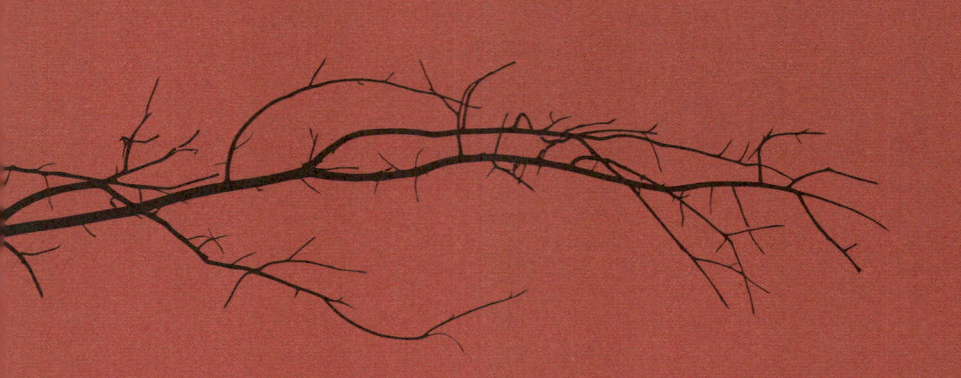

第三纪元的登丹王国

地球的大气圈

不死之地
裨美大道
阿尔诺
卢恩
刚铎
中土世界
魔多
哈拉德
西阁
内海
远暗拉德
尘世之地
东湾
太阳之地
晴暗之地
太阳系

34,042—37,063 年

第六部分 第三纪元的登丹王国

太阳第三纪元

凡间的球形世界与阿门洲永久分离,只有精灵船只能够通过阳关大道往来。第二纪元结束时,登丹人,或者说是努曼诺尔幸存者,建立了阿尔诺与刚铎王国,精灵击溃了索伦、毁灭了魔多。然而,"魔戒之王"索伦在第三纪元暗中卷土重来,重建魔多。最终,索伦与登丹人、精灵的交战把魔戒圣战推向顶峰。

魔多的邪黑塔

索伦借统御之戒的力量建造了巴拉督尔（魔多的邪黑塔）的地基。精灵与人类的最后联盟在太阳第二纪元末围攻邪黑塔7年之久，才逼得索伦不得不应战。虽然很多英勇的埃尔达和登丹之王壮烈牺牲，但最后联盟仍取得胜利，并把至尊魔戒从索伦手上砍下。

此后的1000多年，索伦都在地球无形地游荡，像个无力的影子。既然至尊魔戒尚存，索伦及其邪黑塔也未告终，并且都将在太阳第三纪元卷土重来。"魔戒之王"索伦将寻机再次统治世界。

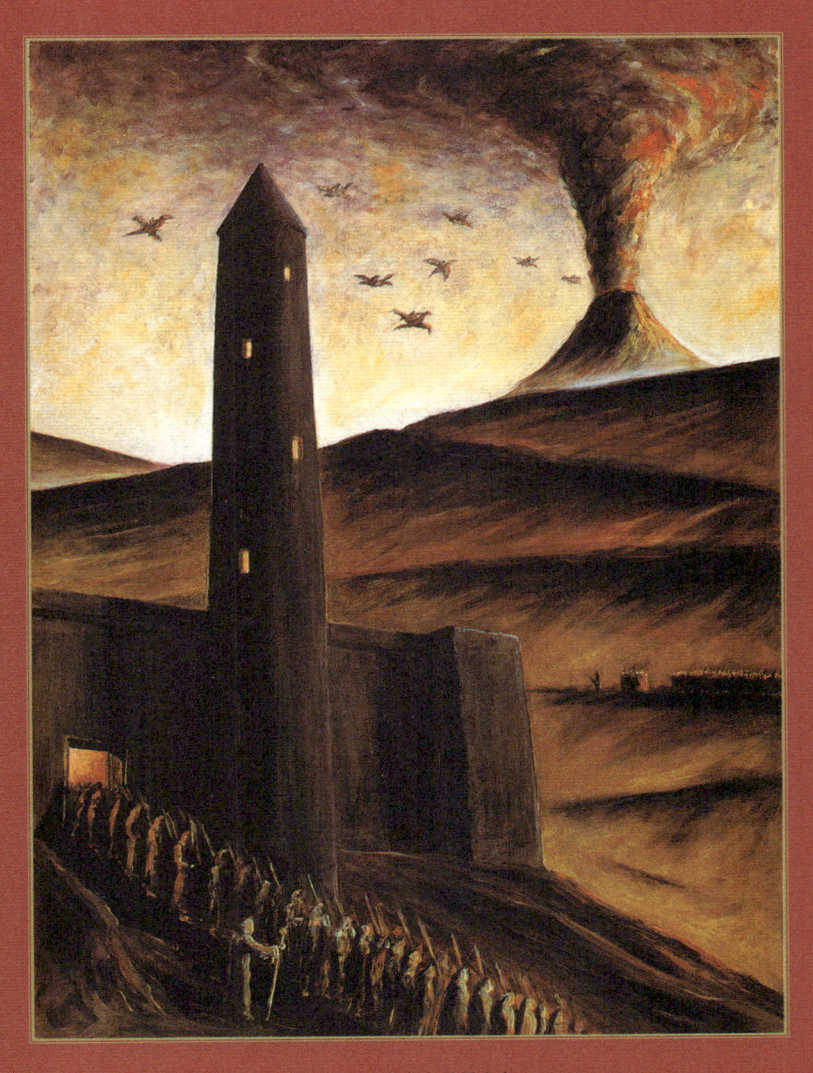

阴森的巴拉督尔笼罩魔多

第二纪元末，索伦与努曼诺尔人开战

第六部分 第三纪元的登丹王国

索伦

起初，索伦只是奥力手下的一个小神，但后来遭魔苟斯黑化，成为"黑暗魔君"。第一纪元末期，魔苟斯被逐出太虚之时，索伦以"馈赠者"安纳塔这个名字回归中土大地，并友好地对待伊瑞詹精灵及努曼诺尔人。他教会精灵们打造魔戒的方法，自己却暗中打造可以掌控一切的至尊魔戒。最终，索伦在巴拉督尔门前与努曼诺尔的领军人物开战。第三纪元时，索伦以无睑魔眼的形态存在，不停地寻觅仿佛永无踪迹的至尊魔戒。

太阳纪元中土世界

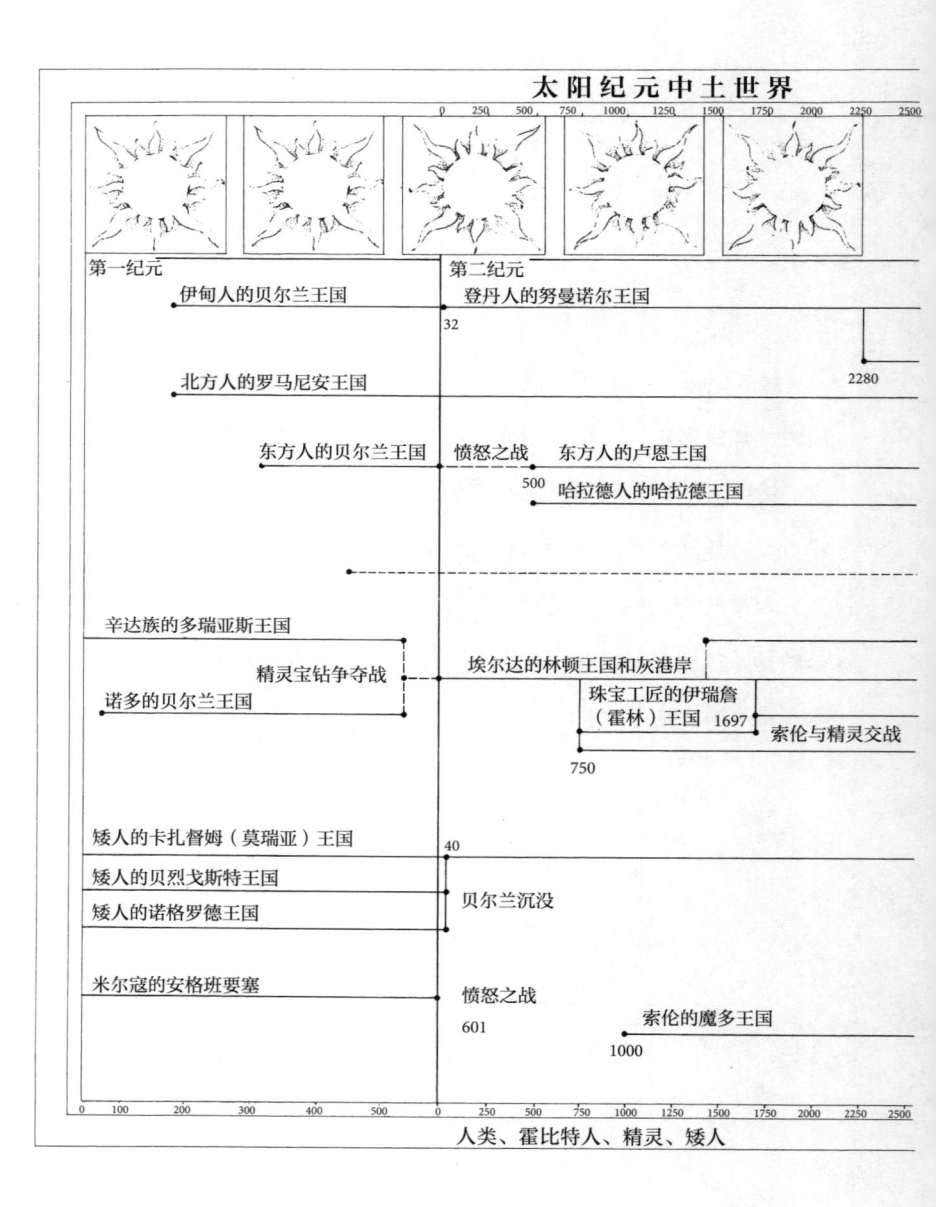

第一纪元

- 伊甸人的贝尔兰王国
- **第二纪元** 登丹人的努曼诺尔王国 32 — 2280
- 北方人的罗马尼安王国
- 东方人的贝尔兰王国 | 愤怒之战 东方人的卢恩王国
- 500 哈拉德人的哈拉德王国
- 辛达族的多瑞亚斯王国
- 精灵宝钻争夺战 — 埃尔达的林顿王国和灰港岸
- 诺多的贝尔兰王国
- 珠宝工匠的伊瑞詹（霍林）王国 1697
- 索伦与精灵交战
- 750
- 矮人的卡扎督姆（莫瑞亚）王国 40
- 矮人的贝烈戈斯特王国
- 矮人的诺格罗德王国 | 贝尔兰沉没
- 米尔寇的安格班要塞 | 愤怒之战 601
- 索伦的魔多王国 1000

人类、霍比特人、精灵、矮人

王国编年史

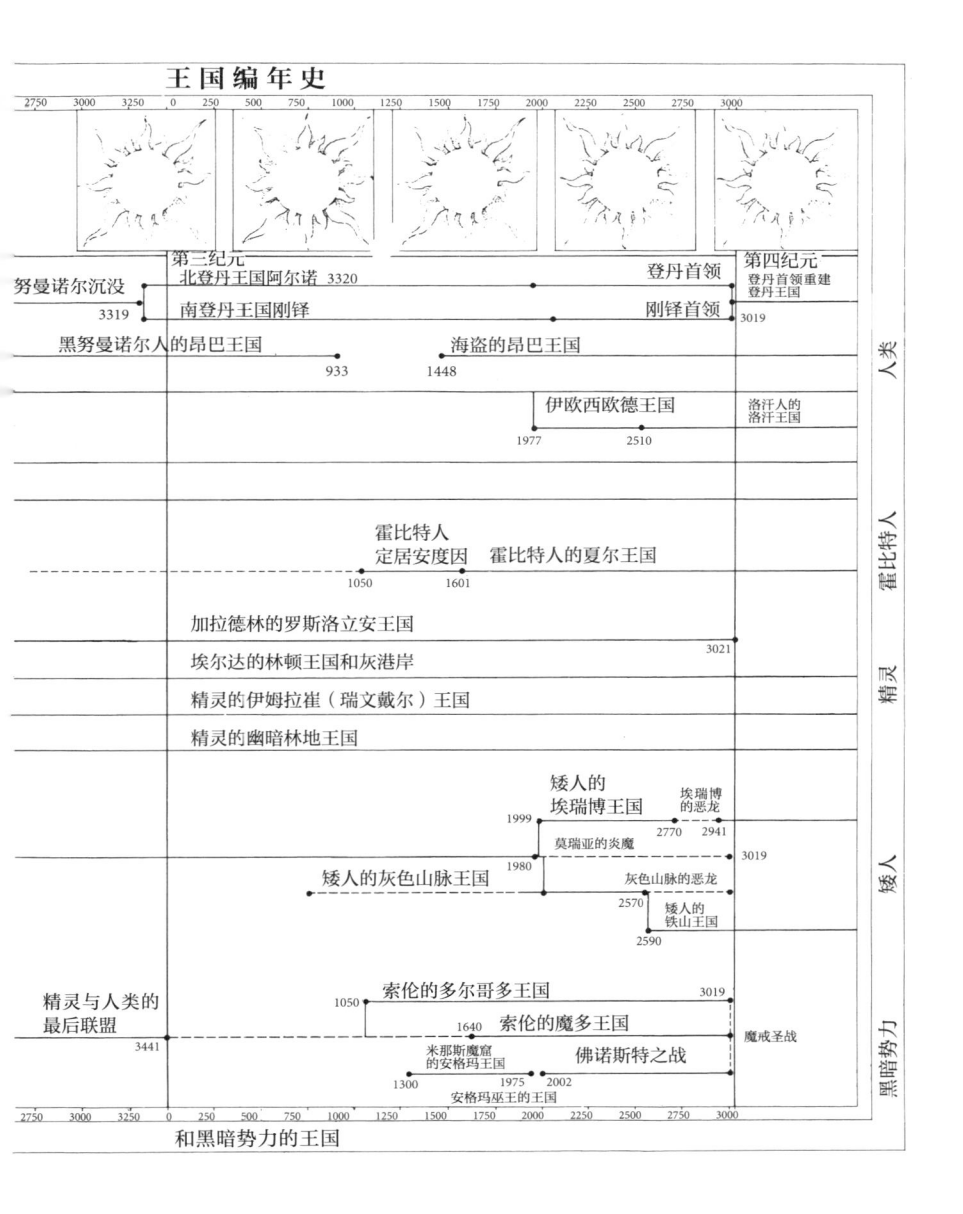

| 2750 | 3000 | 3250 | 0 | 250 | 500 | 750 | 1000 | 1250 | 1500 | 1750 | 2000 | 2250 | 2500 | 2750 | 3000 |

第三纪元
北登丹王国阿尔诺 3320 ———————————————— 登丹首领 —— 第四纪元
努曼诺尔沉没 登丹首领重建
登丹王国
3319 南登丹王国刚铎 ———————————————— 刚铎首领 3019

黑努曼诺尔人的昂巴王国 ●——————● 海盗的昂巴王国 ●
933 1448

伊欧西欧德王国 ——— 洛汗人的
1977 2510 洛汗王国

人类

霍比特人
定居安度因 霍比特人的夏尔王国
1050 1601

霍比特人

加拉德林的罗斯洛立安王国 ————————————●
3021
埃尔达的林顿王国和灰港岸
精灵的伊姆拉崔（瑞文戴尔）王国
精灵的幽暗林地王国

精灵

矮人的
埃瑞博王国 埃瑞博
的恶龙
1999
2770 2941
莫瑞亚的炎魔 3019
矮人的灰色山脉王国 灰色山脉的恶龙
1980 2570 矮人的
铁山王国
2590

矮人

精灵与人类的 索伦的多尔哥多王国 3019
最后联盟 1050
1640 索伦的魔多王国 魔戒圣战
3441 米那斯魔窟 佛诺斯特之战
的安格玛 1975 2002
1300 安格玛巫王的王国

黑暗势力

| 2750 | 3000 | 3250 | 0 | 250 | 500 | 750 | 1000 | 1250 | 1500 | 1750 | 2000 | 2250 | 2500 | 2750 | 3000 |

和黑暗势力的王国

托尔金地图集

太阳第三纪元的历史

托尔金太阳第三纪元历史的两大主要问题是阿尔诺与刚铎国王的幸存和至尊魔戒与"魔戒之王"索伦的命运关系。

第二纪元末,"魔戒之王"索伦被推翻,阿尔诺与刚铎国王从索伦手上砍下至尊魔戒。

那时,这被认为是正义之举,也是摧毁"黑暗魔君"的邪恶力量的唯一手段。但伊熙尔杜夺走至尊魔戒后,自己却因魔戒的邪恶力量而被部分黑化。他虽然是个正义的强者,但还是无法抵挡邪恶之力的冲击。

至尊魔戒是以末日山之火焰熔炼锻造而成,也只能在此销毁。可即便站在末日山的火山坡,伊熙尔杜也无法将其摧毁。最终他不敌至尊魔戒的诱惑,将其据为己有,很快遭到了魔戒的诅咒。在第三纪元的第二年,伊熙尔杜和三个儿子向西行进,穿越安都因河谷时,惨遭兽人围攻。

这就是格拉顿平原之战,伊熙尔杜和三个儿子都丧生了,而至尊魔戒则落入安都因河,不见了踪影。本次战争的灾难性后果大约

第六部分 第三纪元的登丹王国

花了3000年才得以平复。至尊魔戒的丢失意味着除非寻回并销毁魔戒，否则就不可能镇住索伦。同时，伊熙尔杜死后，其王国分裂为阿尔诺和刚铎两个小国。

事实上，伊熙尔杜因至尊魔戒被黑化后，魔戒的诅咒降临到全体登丹人身上，影响到了整个第三纪元，因此登丹王国彻底分裂。除非至尊魔戒被销毁，并出现一位有能力抵挡魔戒诱惑的合法继承人，王国才有可能回归。也只有这样一位至高王才能够统一所谓登丹重联王国。

即便如此，在第三纪元的前1000个年头，尽管边境冲突不断，5世纪和6世纪东方人不断入侵，南部王国刚铎的势力仍在增长。截至9世纪，刚铎组建了一支强大的海军队伍，并纳入其军备力量。到了11世纪，刚铎势力达到巅峰，将东方人击退回卢恩内海，征服了哈拉德人，昂巴成了刚铎要塞。

尽管北方的阿尔诺王国从未将疆域扩大到伊利雅德之外，但也繁荣发展，足够强盛，直到9世纪因内战而分裂成三个独立而又互相攻击的小国。

到了12世纪，索伦恶灵以独眼火焰的形态潜回中土世界，在多尔哥多要塞的幽暗密林南部找到栖身之所。自那时起，中土大地上的黑暗军团实力愈发强劲。

13世纪后，阿尔诺因自然灾害和内部纷争而逐渐没落。然而，

洛汗骑手与登丹人结盟

第六部分 第三纪元的登丹王国

最大的诅咒是,索伦的首席奴仆"戒灵之王"变成了安格玛巫王,并与阿尔诺国王交战了五个多世纪。最终,巫王在1974年击破了阿尔诺最后一个要塞佛诺斯特,阿尔诺王国不复存在。阿尔诺第23任国王去世后,皇室血脉由登丹部落酋长继承。

第二个诅咒是1636年由索伦释放到刚铎和阿尔诺,从而爆发的大瘟疫。这次遭遇后,登丹人没有重新振作起来,因为很多人在大瘟疫中丧生,王国中相当一部分土地也变得空空如也。第三个诅咒则是9世纪和12世纪全力武装的东方战车民联盟入侵,打了近100年。虽然东方人最终被击败驱逐,但刚铎的实力也严重受损。

登丹王国历史

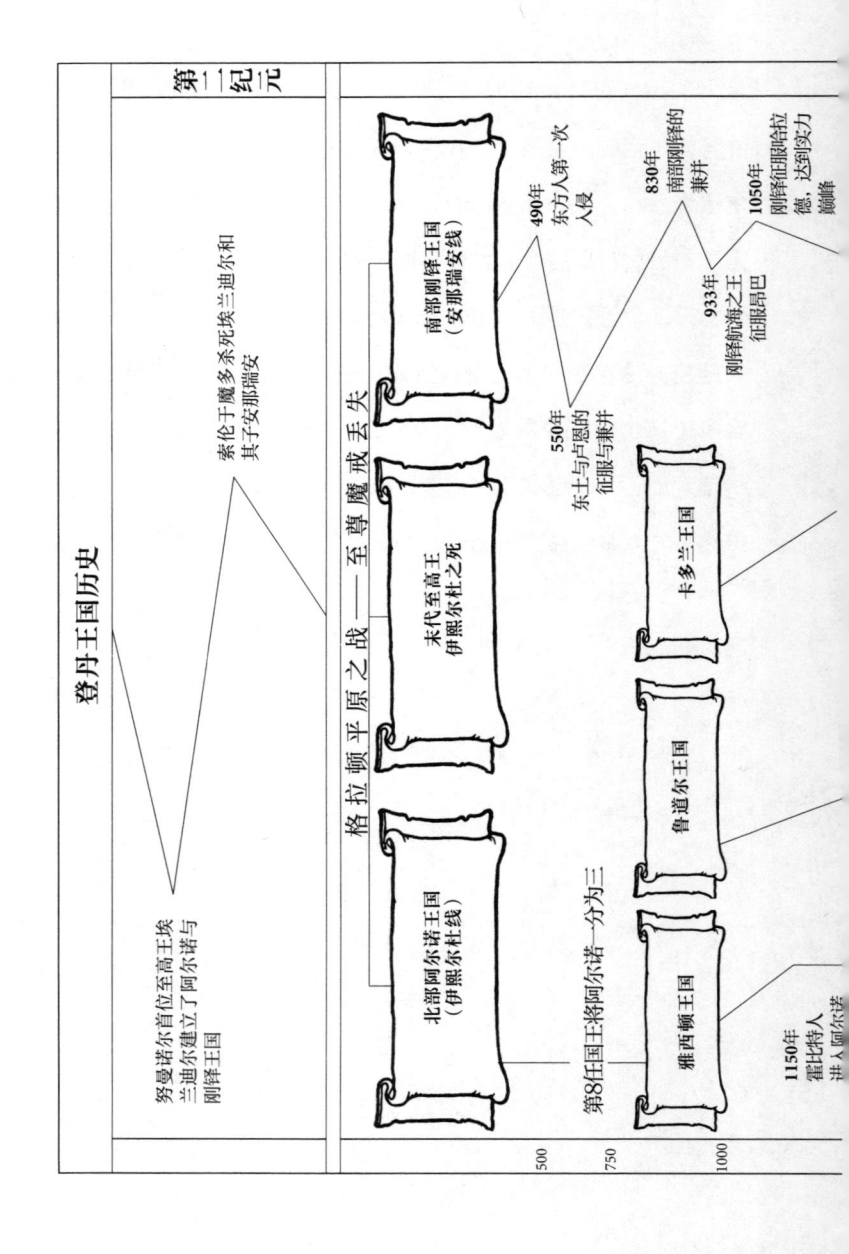

第二纪元

努曼诺尔首位至高王埃兰迪尔建立了阿尔诺与刚铎王国

索伦之子魔多杀死埃兰迪尔及其子安那瑞安

格拉顿平原之战——至尊魔戒丢失

末代至高王伊熙尔杜尔之死

北部阿尔诺王国（伊熙尔杜尔线）

南部刚铎王国（安那瑞安线）

490年 东方人第一次入侵

550年 东土与鸟惡的征服与兼并

830年 南部刚铎的兼并

933年 刚铎航海之王征服翁巴

1050年 刚铎征服哈拉德，达到实力巅峰

第8任国王将阿尔诺一分为三

雅西顿王国

鲁道尔王国

卡多兰王国

1150年 霍比特人进入阿尔诺

500
750
1000

第三纪元

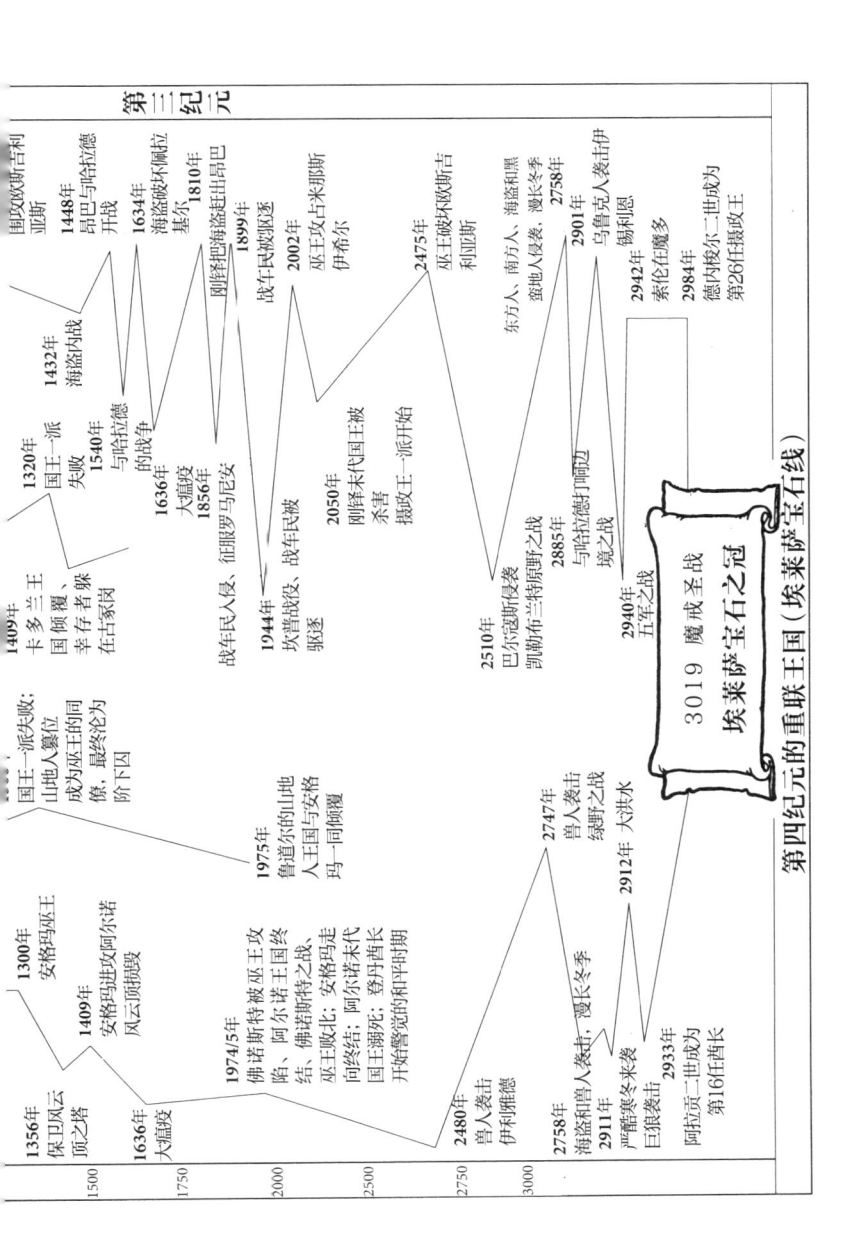

- 1356年 保卫风云顶之战
- 1300年 安格玛巫王
- 1409年 安格玛进攻阿尔诺,风云顶陷落
- 1636年 大瘟疫
- 1974/5年 佛诺斯特被巫王攻陷,阿尔诺王国终结。巫王败北;安诺瑞走向终结;阿尔诺末代国王溺死;登丹奈人族长开始警觉的和平时期
- 2480年 兽人袭击伊利雅德
- 2747年 兽人袭击绿野之战
- 2758年 海盗和兽人袭击; 2911年 严酷漫长冬季
- 2912年 大洪水
- 2933年 阿拉贡二世成为第16任族长
- 1409年 卡多兰国倾覆,幸存者躲在古冢岗
- 1320年 国王一派失败
- 1432年 海盗小战
- 1540年 与哈拉德的战争
- 1636年 大瘟疫 1856年 战车民侵, 征服罗马尼亚
- 1944年 战车民入侵、战车民被驱逐
- 1975年 鲁道尔的山地人与国家特之战, 阿尔诺与埃玛一同倾覆
- 2050年 刚铎末代国王被杀害; 摄政王一派开始
- 2510年 巴尔乔斯侵袭凯勒布兰特原野之战
- 2885年 与哈拉德门阵之战
- 2940年 五军之战
- 1448年 昂巴与哈拉德开战
- 1634年 海盗破坏翁拉基尔 1810年 海盗破坏翁拉基尔退出昂巴
- 1899年 刚铎把海盗驱逐
- 2002年 巫王攻占米那斯伊希尔
- 2475年 巫王破坏欧斯吉利亚斯
- 东方人, 南方人, 蛮地人侵袭、海盗和黑邀长冬季
- 2758年 与哈拉德门阵之战
- 2901年 乌鲁克人袭击伊锡利恩
- 2942年 索伦在魔多
- 2984年 德内梭尔二世成为第26任摄政王
- 南方攻欧斯吉利亚斯

3019 魔戒圣战 埃莱萨宝石之冠

第四纪元的重联王国(埃莱萨宝石右线)

1500 · 1750 · 2000 · 2250 · 2500 · 2750 · 3000

143

霍比特人的迁徙

在第三纪元 1050 年以前，半身人不为人知，但后来变成霍比特人而为人所知。他们擅长挖洞、住在洞穴中，据说是与人类有些关系，但身体又比矮人小，寿命约为 100 年。根据其最初的历史记载，他们生活在安都因河谷北部，位于迷雾山和绿林大地之间。其后的几个世纪中，他们向西迁徙到伊利雅德，与精灵、人类和平相处。

所有的霍比特人身高大约都在 0.6—1.2 米间，手指修长，面色健康，一头卷发，脚大得出奇，连鞋都不穿。据说，霍比特人有三种：毛脚人、白肤人和斯图尔。毛脚人体形最小、数量最多，头发和皮肤都是栗棕色。白肤人相对瘦高，长着一头金发，数量最少。斯图尔体形最为高大，是发育最成熟的一类，有的甚至还长胡子，穿鞋。伊利雅德的霍比特人起初生活在布里镇边的小岛上，一直到 1601 年。这是霍比特夏尔历元年，这一年，大多数霍比特人再次西迁，到达烈酒河外的肥沃土地。

在这次大迁徙后，他们定居夏尔，夏尔后来也被视为霍比特人的家园。

第六部分 第三纪元的登丹王国

斯图尔、白肤人、毛脚人（从左至右）

兽人首领阿佐格对着一个倒下的矮人狂笑

第六部分 第三纪元的登丹王国

阿萨努比萨之战

矮人与兽人最后一场战争在莫瑞亚东门前的丁瑞尔河谷打响。战争以矮人胜利告终,但他们也损失惨重。方丁,也就是巴林和杜瓦林的父亲,本应作为探险部队的一员前往孤山,结果在战争中牺牲;丹恩·铁脚的父亲耐恩也惨死于战中。索林·奥肯舍尔在作战时武器被兽人打掉后,抓过一根粗大的橡树枝当武器用,以骁勇善战而备受赞誉。然而,丹恩最后杀掉了兽人酋长阿佐格,为死去的父亲报仇雪恨。

第七部分

孤山探险

索林与同伴前往霍比屯

第七部分 孤山探险

探险部队

太阳第三纪元 2941 年，探险部队进入了夏尔这片寂静之地，打破了原本的宁静。索林·奥肯舍尔和巫师甘道夫组成的矮人部队开始进行孤山探险，并强迫霍比特人比尔博·巴金斯加入这段探险之旅。因此，夏尔的霍比特人首次卷入世界上的大国事件。夏尔不仅仅是个宁静之地，它更像是充满战火与冲突的沙漠中的一片绿洲。魔多之地上，某种邪恶力量滋长，并妄图毁掉世界上所有的正义部队。

霍比特人对世事所知甚少，也从不觉得自己会在中土世界历史上扮演重要角色。但这一切都在冒险家们来到夏尔，以及索林·奥肯舍尔想从"孤山恶龙"史矛革手中夺回属于其子民的遗产之时拉开了序幕。

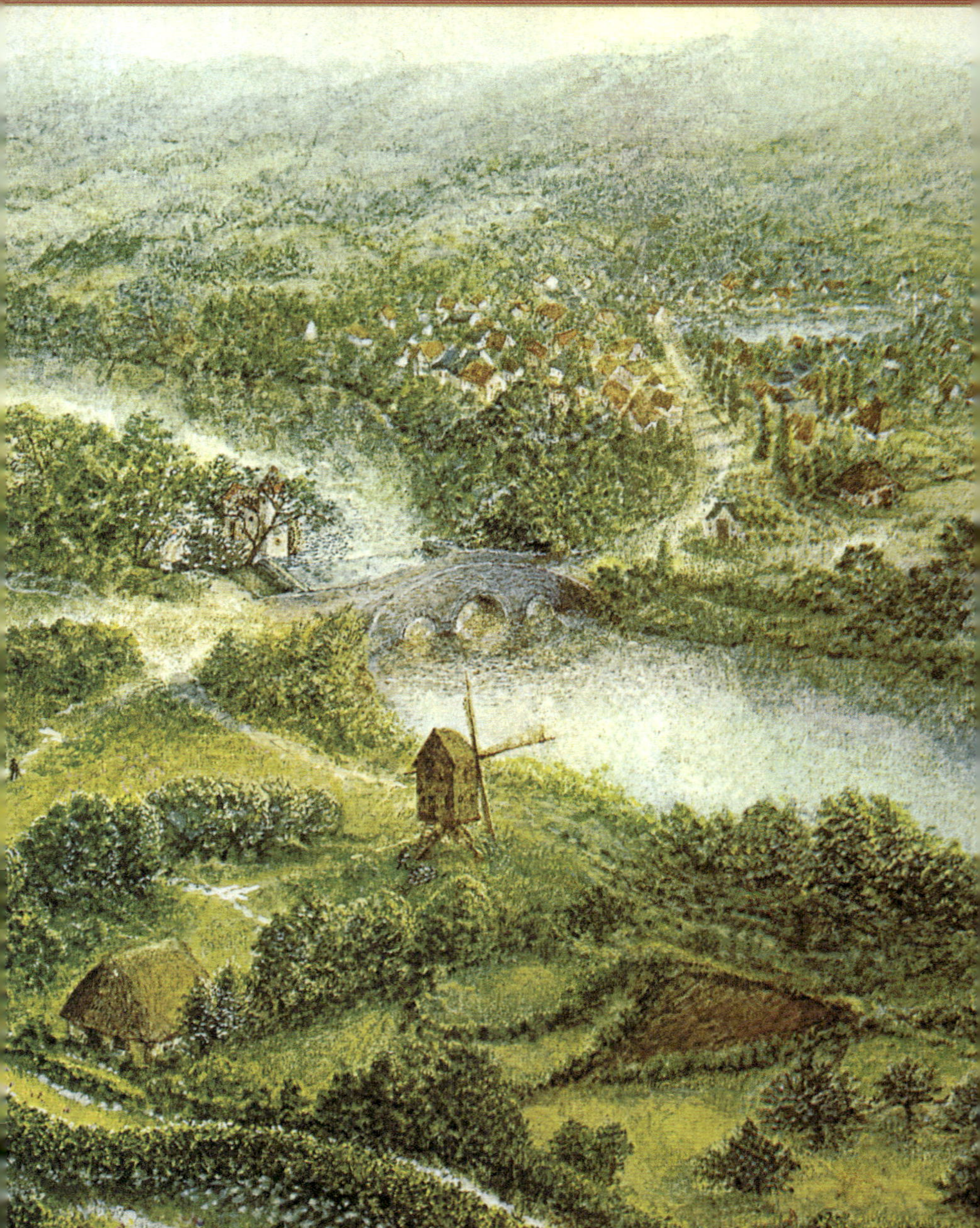

夏尔在中土世界西北部的宁静之地

咕噜与兽人洞穴

比尔博·巴金斯探险中的首个巨大挑战,就是他不慎落入兽人洞穴,躲过了一次兽人的攻击,但却发现了一个更危险的食肉生物——史麦戈,或名为"咕噜"。在一个荒凉的湖边洞穴最深处,比尔博陷入了一个致命迷宫,但却又发现了一个神秘的金色魔戒,佩戴者即可隐形。最终证实这是由索伦打造的至尊魔戒,丢失已久,终见天日。至尊魔戒具有强大的黑化诅咒,而巫师甘道夫多年后才知道,至尊魔戒将激发更伟大的冒险与探索。

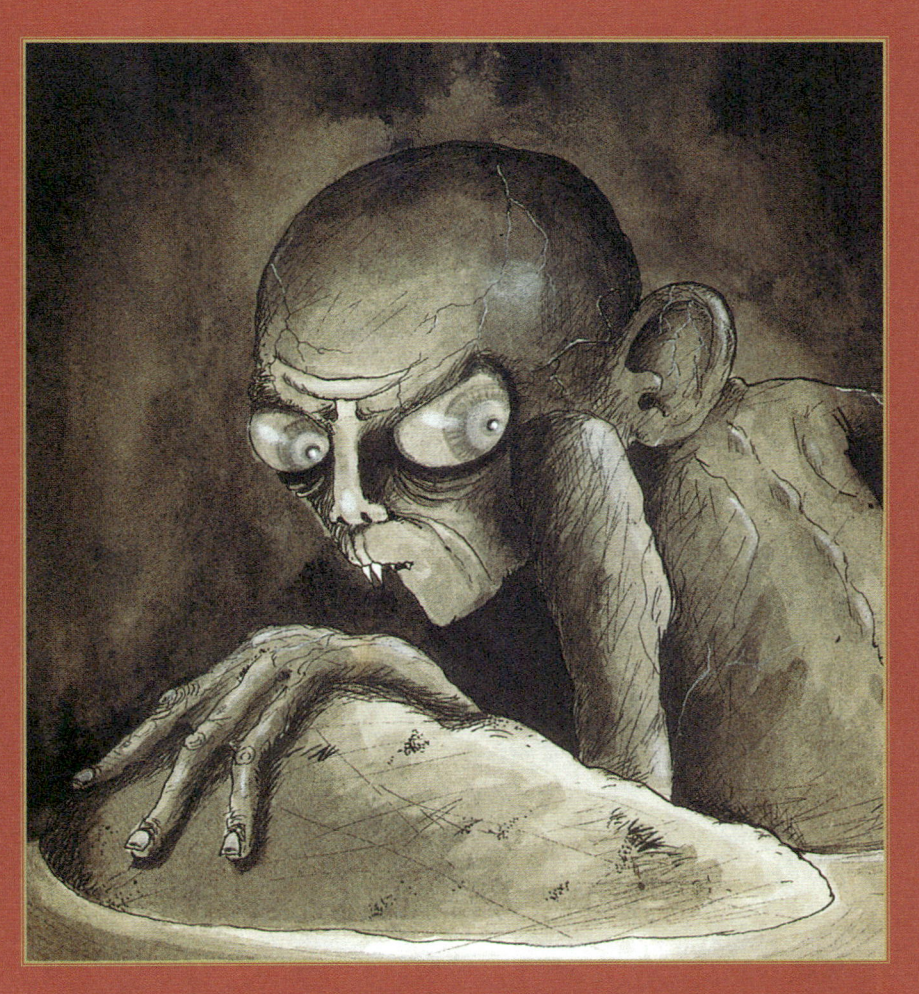

生活在迷雾山下黑暗洞穴中的咕噜

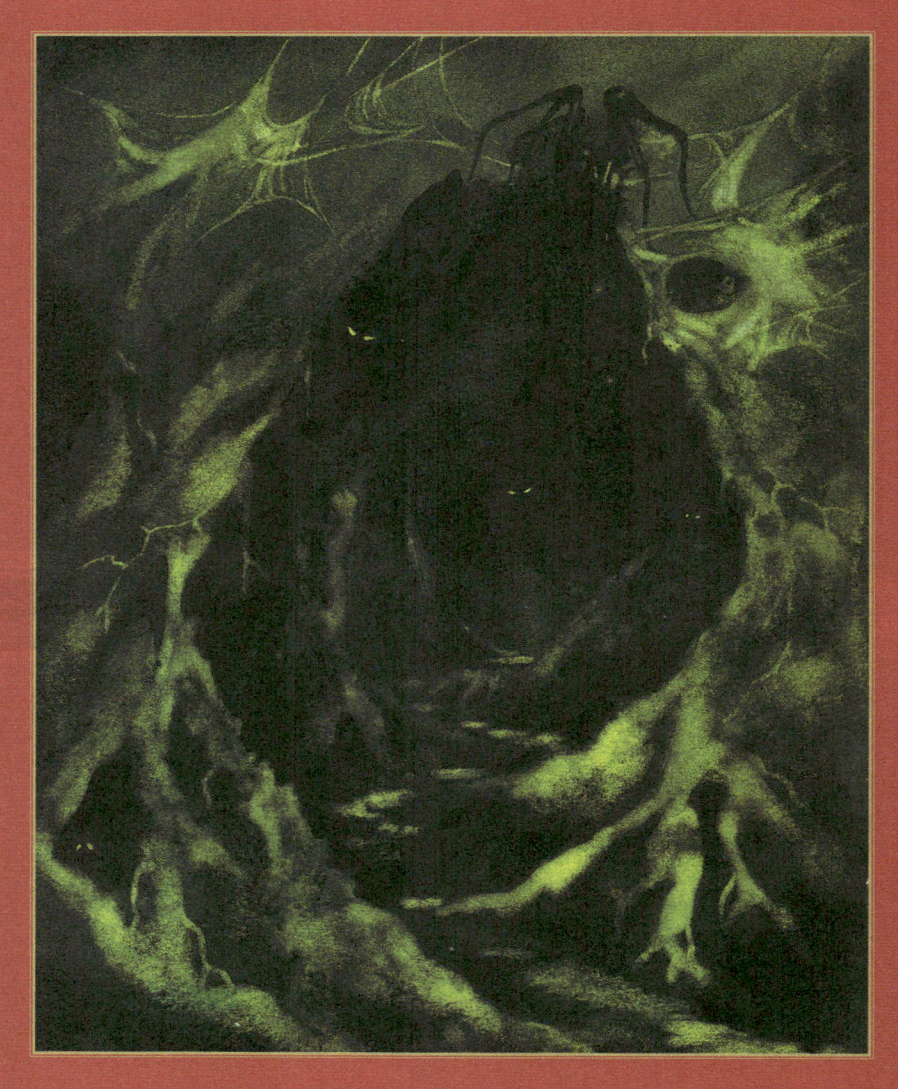

幽暗密林——许多可怕生物的栖所

第七部分 孤山探险

幽暗密林

中土世界最大的森林就是绿林大地,瑟兰杜伊在此建立了西尔凡精灵的林地王国。第三纪元1050年时,一股黑暗力量入侵绿林大地。巨蜘蛛、兽人、巨狼和恶灵反复缠绕在这片森林。西尔凡精灵虽然没有被赶出王国,但无法阻止黑暗力量扩散。绿林大地后来就变成了幽暗密林,极少有人敢穿越这条黑暗之道。

在通往孤山的道路上,幽暗密林是索林·奥肯舍尔及其部队所要面对的最棘手的挑战。

金龙史矛革

比尔博·巴金斯及矮人部队最终到达埃瑞博的孤山时，发现国王的宝藏就在山下的第三纪元最大的巨龙手中。这条巨龙号称"金龙史矛革"，满身闪着火焰金光，翅如蝙蝠之翼，身坚如铁。然而，它的腹部是个弱点，由一件镶宝石的背心保护起来。这件背心在珠宝库里存储了几个世纪之久。史矛革的起源并不为人所知，第三纪元 2770 年，它把河谷城烧毁洗劫，又进入山下的矮人王国，把矮人赶尽杀绝。之后的两个世纪，史矛革一直在埃瑞博守护着珠宝库。2941 年，霍比特人比尔博·巴金斯、索林及其部队吵醒了沉睡的史矛革。

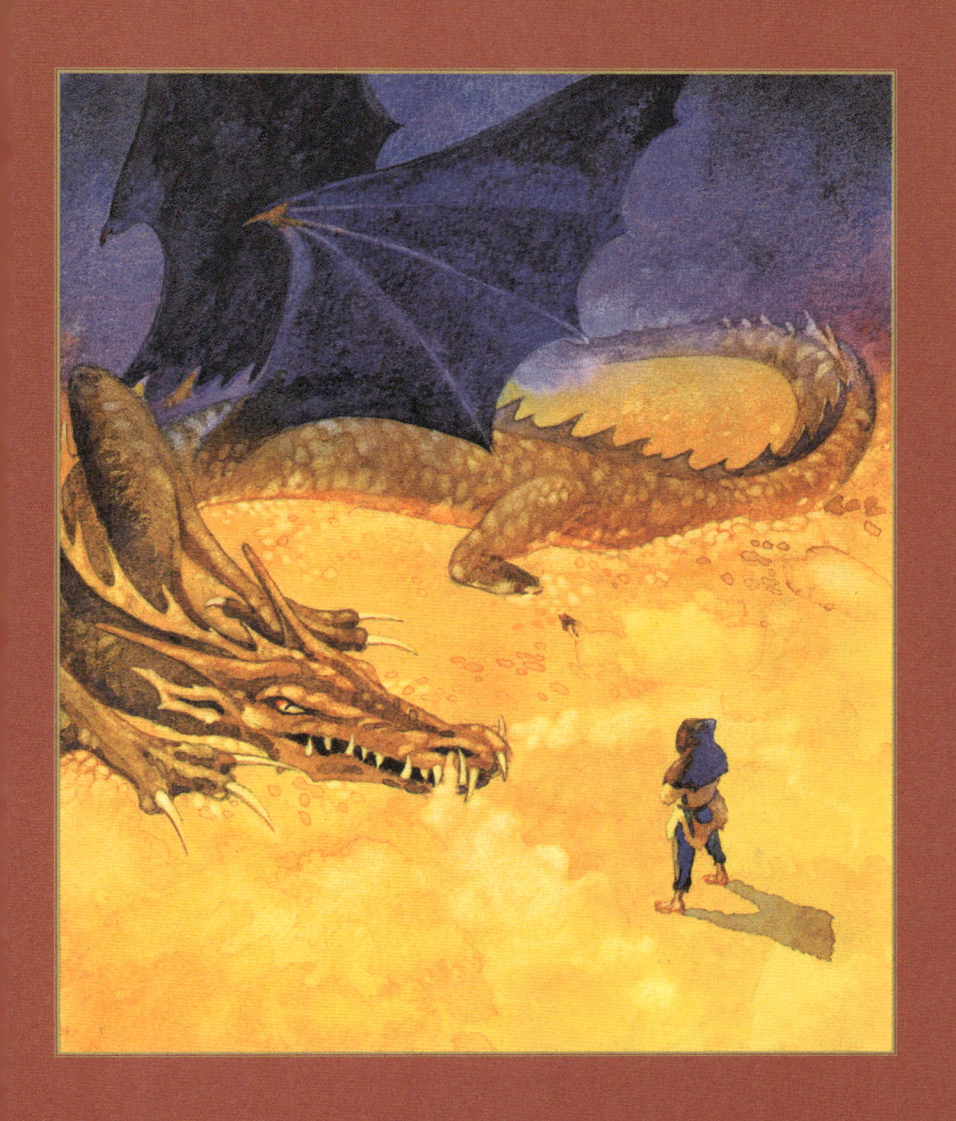

史矛革在珠宝库上沉睡多年

长湖镇的倾覆

埃斯加洛斯湖畔的人类因小镇宁静安稳且高于湖水而变得愈发自满。史矛革离开孤山很久以后,许多人开始嘲讽"史矛革会卷土重来报复他们"这种观点。然而,比尔博从史矛革珠宝库中盗取了一个杯子,惹怒了这条金龙。史矛革怒不可遏,把高居孤山一侧的这一隐秘的矮人王国搞得支离破碎,又从河谷城废墟疾驰而过,进攻长湖镇。许多人认为金龙之火就是山下炼金的国王。但实际上并非如此,而且这个用木柱建造的小镇根本不足以抵御怒龙之火。

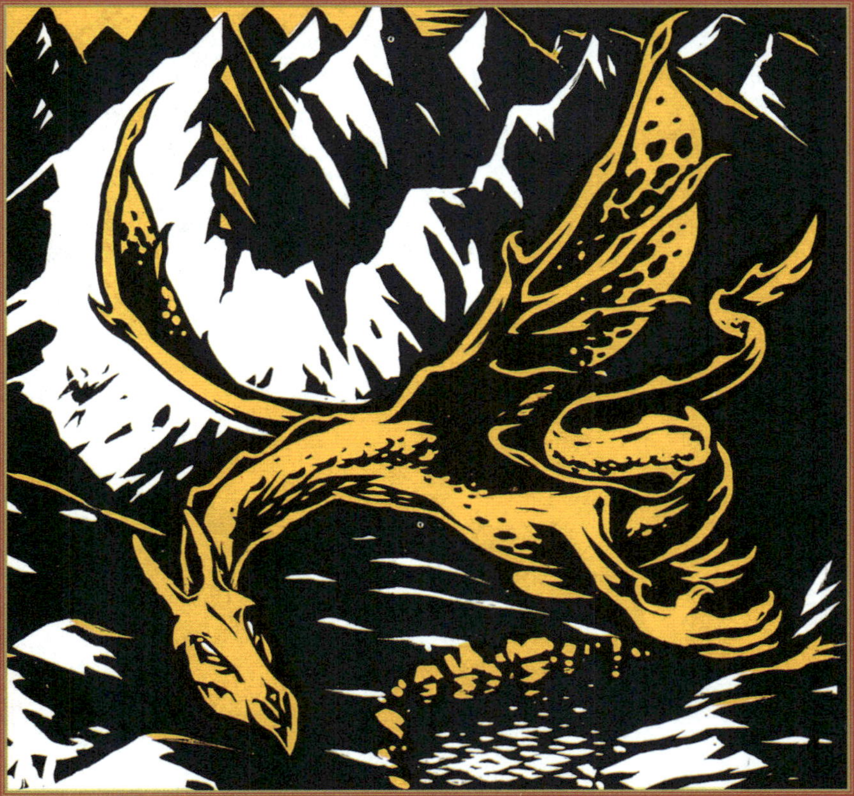

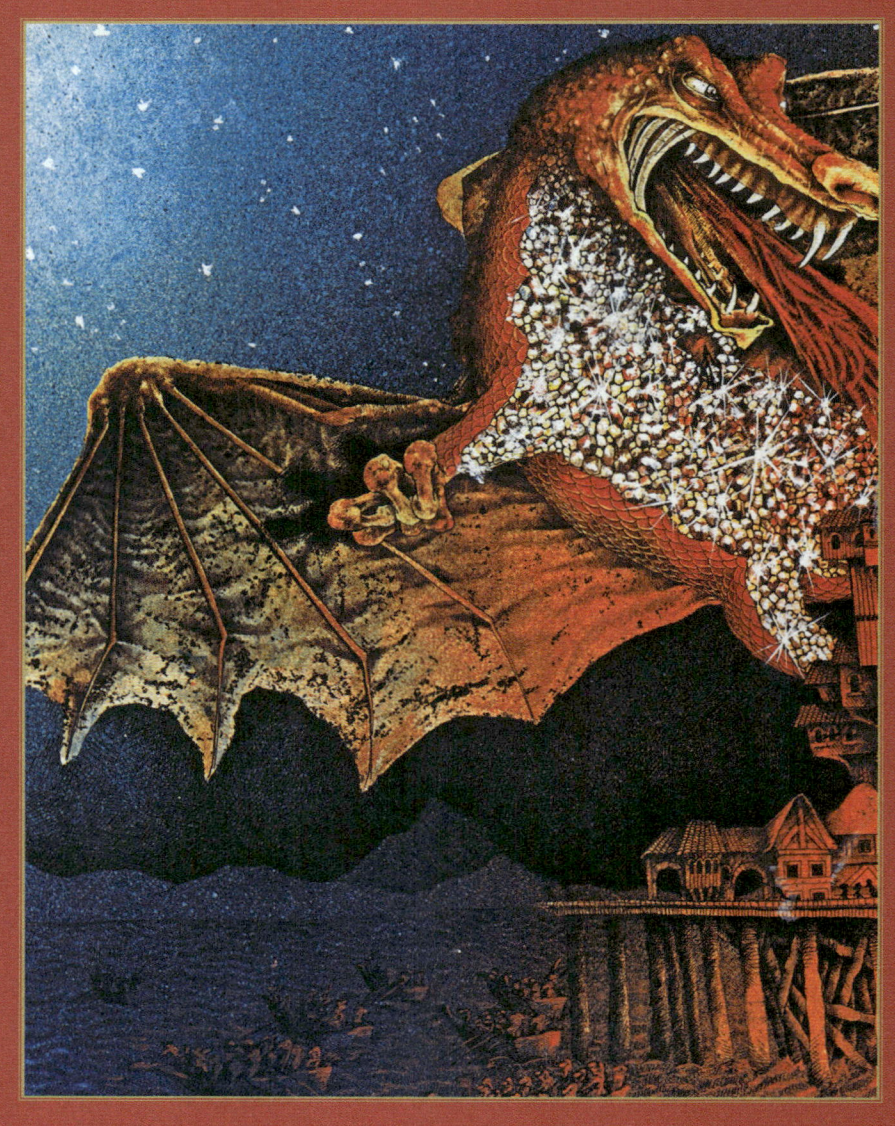

史矛革愤怒惊醒,开始攻击埃斯加洛斯湖边的人类

第七部分 孤山探险

五军之战

"孤山恶龙"史矛革死后,恶龙宝藏也从护卫手中解封。索林·奥肯舍尔的矮人部队很快就迎来新的力量加入,如长湖镇人类兵团、幽暗密林精灵国王军队,以及铁山矮人兵团。然而,还有个比其他四支军队人手更多的兵团闯入了孤山下的河谷。这支兵团由一群迷雾山来的恐怖的兽人统领,由数千名兽人、巨狼、狼骑手、吸血蝙蝠组成,也是为夺取史矛革宝藏而来。

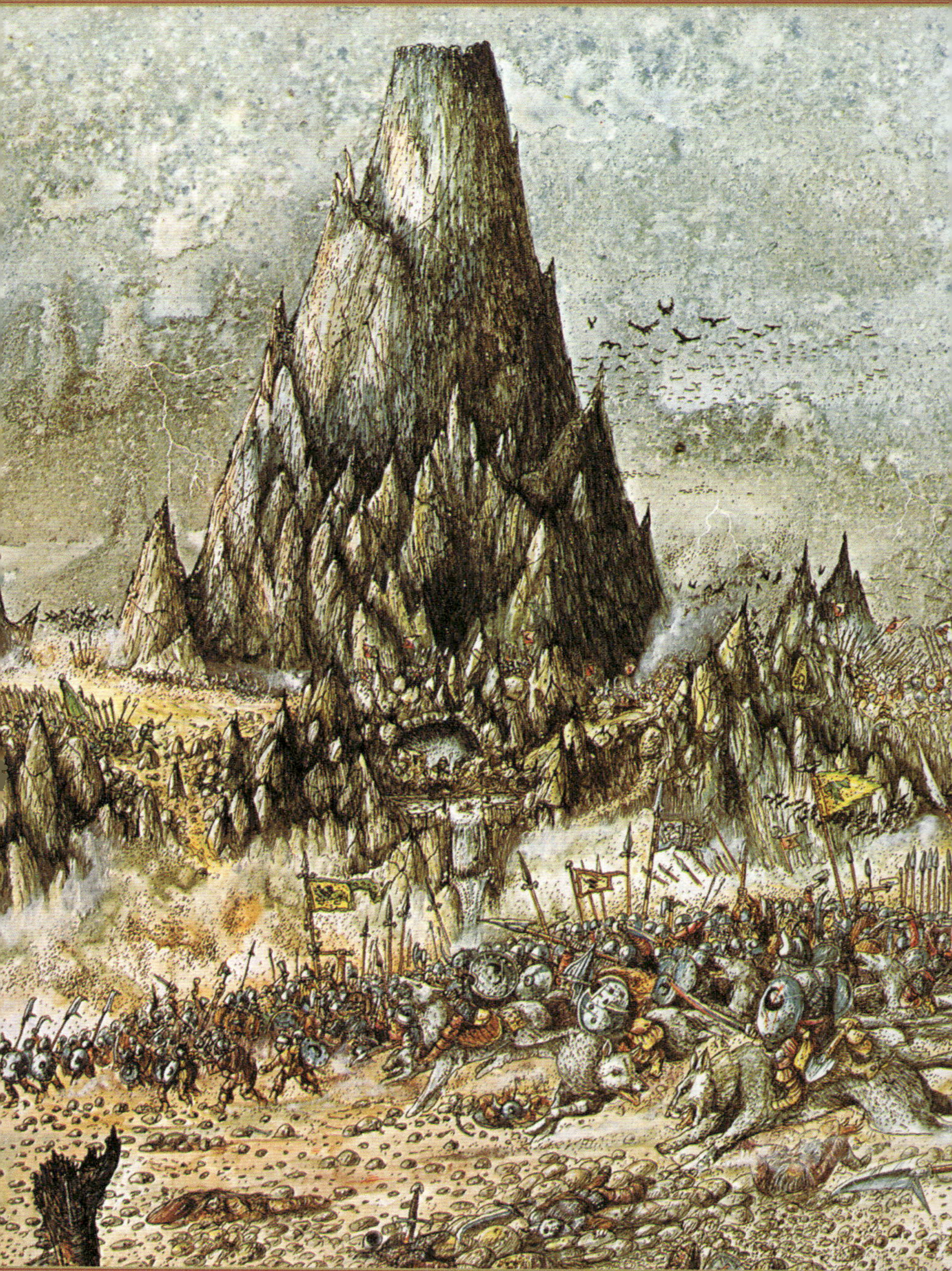

五军之战——血腥混乱之战

战中巨鹰

迷雾山巨鹰在五军之战时加入了反兽人战队。巨鹰体形大到能够载人类、矮人及霍比特人在空中飞行。贝尔兰神鹰在第一纪元愤怒之战中与魔苟斯的带翼火龙殊死搏斗,而这些巨鹰就是贝尔兰神鹰的尊贵后裔。在孤山探险中,巨鹰占据了迷雾山的东部斜坡,毗

许多精灵、矮人和兽人在五军之战中丧生

邻从瑞文戴尔通来的高山隘口，与兽人城镇相距不远。巨鹰在此不断攻击兽人及其同盟，并从一支兽人及座狼队伍手中救出了矮人部队。之后，巨鹰便在探索的关键时刻成为护戒使者的同盟和救援部队。

第八部分

探寻魔戒

力量之戒历史

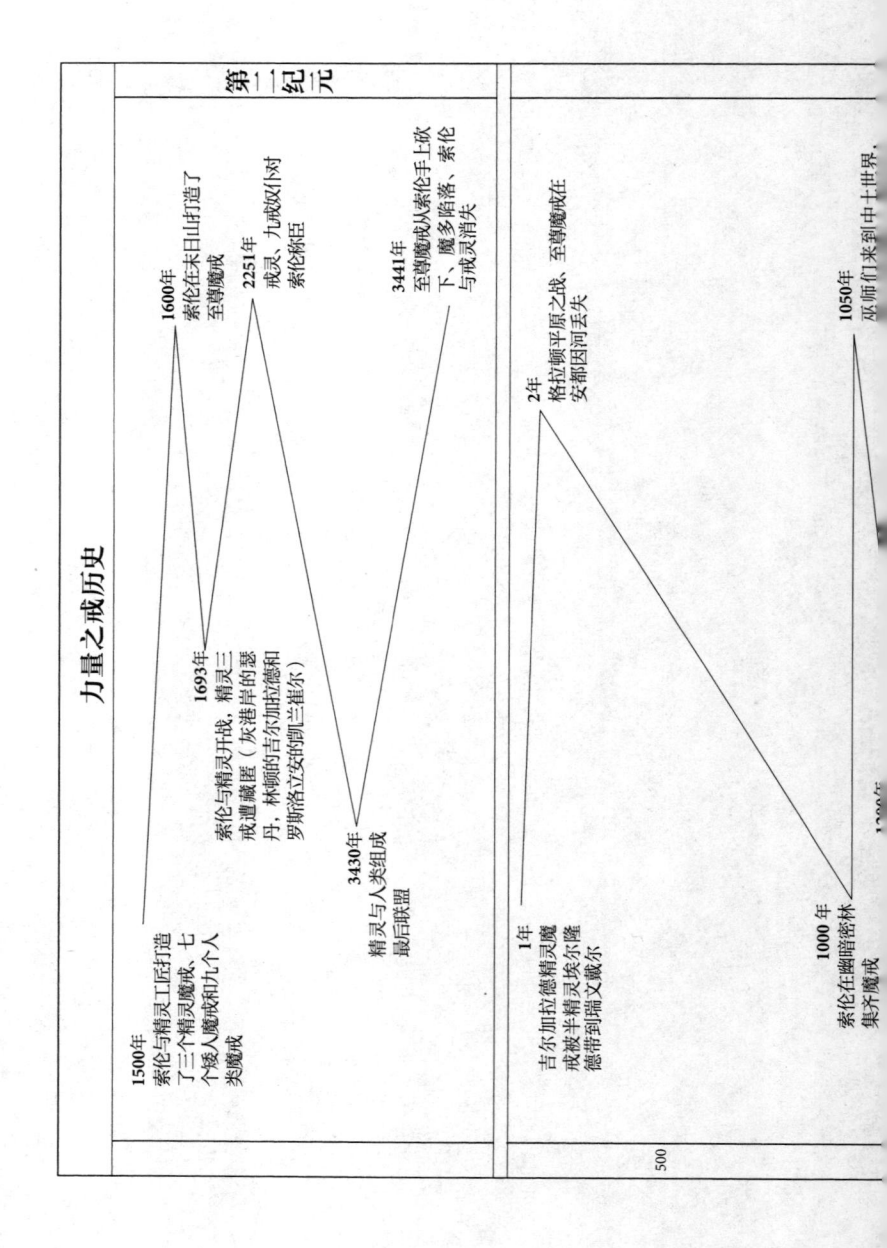

第二纪元

1500年
索伦与精灵工匠打造了三个精灵魔戒，七个矮人魔戒和九个人类魔戒

1600年
索伦在末日山打造了至尊魔戒

1693年
索伦与精灵开战，精灵三戒遭藏匿（灰港岸的瑟丹，林顿的吉尔加拉德和罗斯洛立安的凯兰崔尔）

2251年
戒灵、九戒奴仆对索伦称臣

3430年
精灵与人类组成最后联盟

3441年
至尊魔戒从索伦手上砍下，魔多陷落，索伦与戒灵消失

1年
吉尔加拉德精灵魔戒被半精灵埃尔隆德带到瑞文戴尔

2年
格拉顿平原之战，安都因河丢失

1000年
索伦在幽暗密林集汴魔戒

1050年
巫师们来到中土世界，

第三纪元

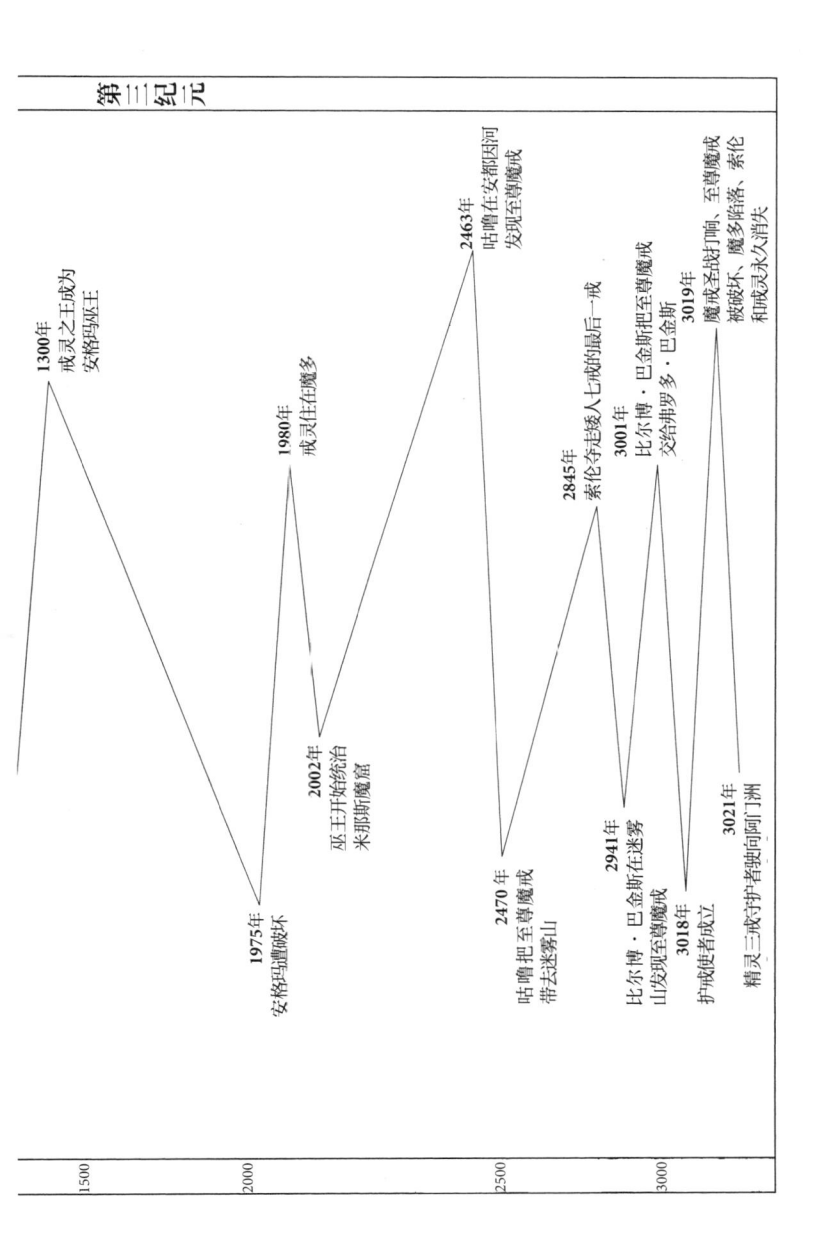

- **1300年** 戒灵之王成为安格玛巫王
- **1975年** 安格玛遭破坏
- **1980年** 戒灵住在魔多
- **2002年** 巫王开始统治米那斯魔窟
- **2463年** 咕噜在安都因河发现至尊魔戒
- **2470年** 咕噜把至尊魔戒带去迷雾山
- **2845年** 索伦夺走矮人七戒的最后一戒
- **2941年** 比尔博·巴金斯在迷雾山发现至尊魔戒
- **3001年** 比尔博·巴金斯把至尊魔戒交给弗罗多·巴金斯
- **3018年** 护戒使者成立
- **3019年** 魔戒圣战打响,至尊魔戒被破坏,魔多陷落,索伦和戒灵永久消失
- **3021年** 精灵三戒守护者驶向阿门洲

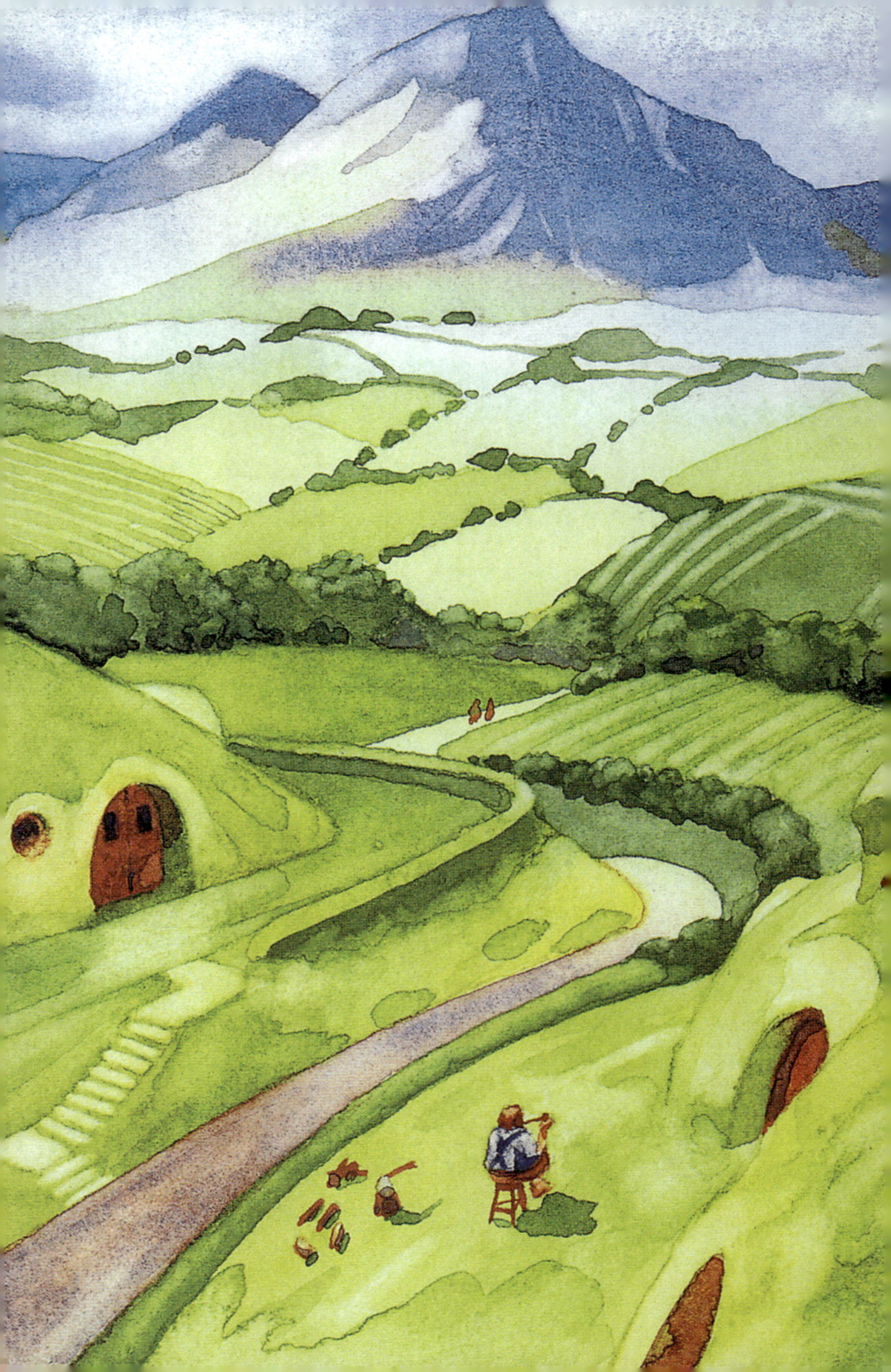

第八部分 探寻魔戒

夏尔

从 17 世纪的太阳第三纪元开始,夏尔美丽的绿色大地就是霍比特人的家园了。比尔博·巴金斯就住在这里,他加入了孤山探险,并在探险中获得了一枚魔戒。这一偶然发现把比尔博及其传人弗罗多·巴金斯以及夏尔所有的霍比特人都卷入第三纪元极具戏剧性的发展中。就这样,最温和弱小的民族开始将整个世界的命运掌握在自己手中。

172 页图:袋底洞——霍比特人最好的洞穴之一
174—175 页图:古冢岗遭古冢尸妖恶灵缠绕

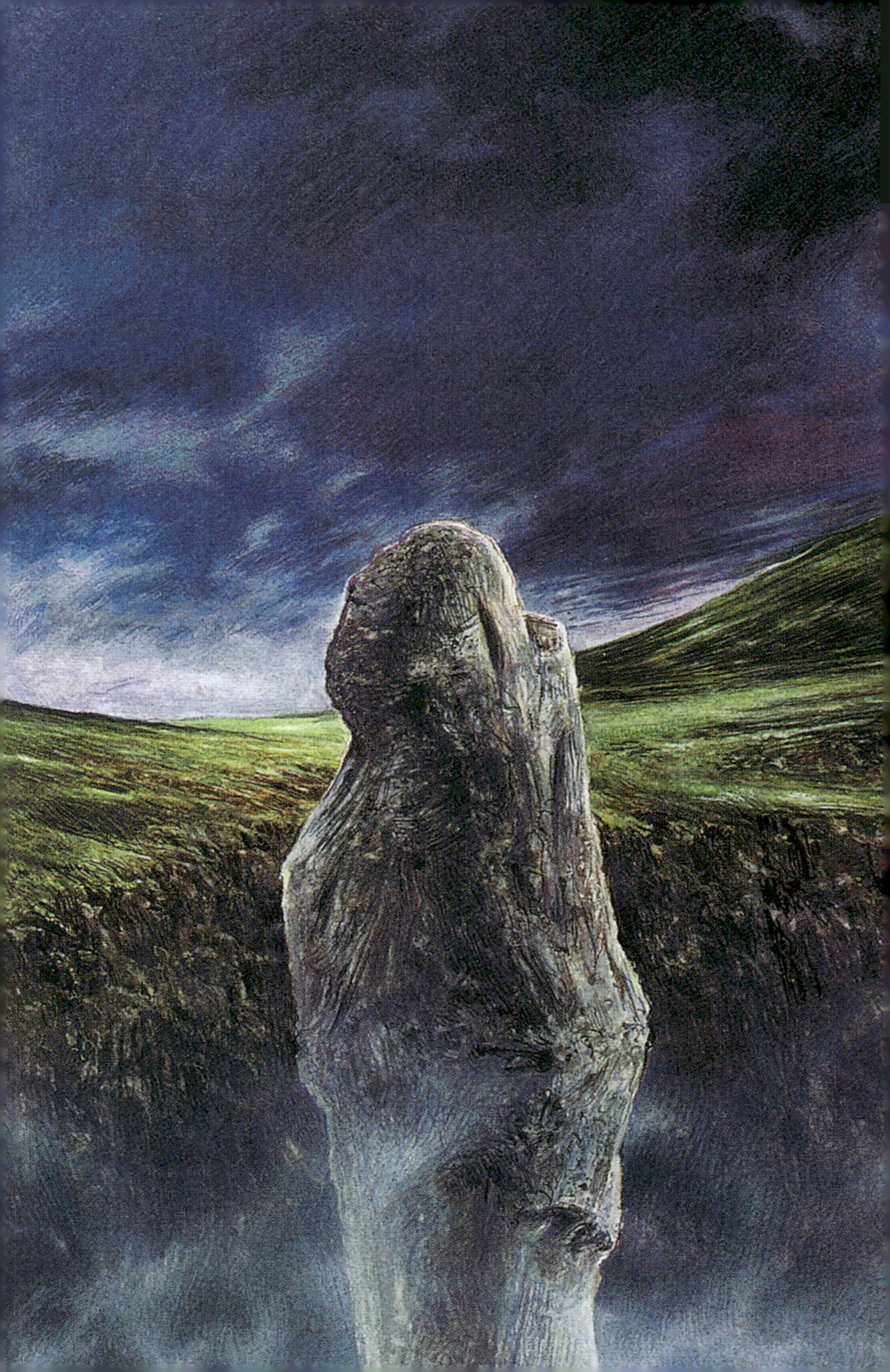

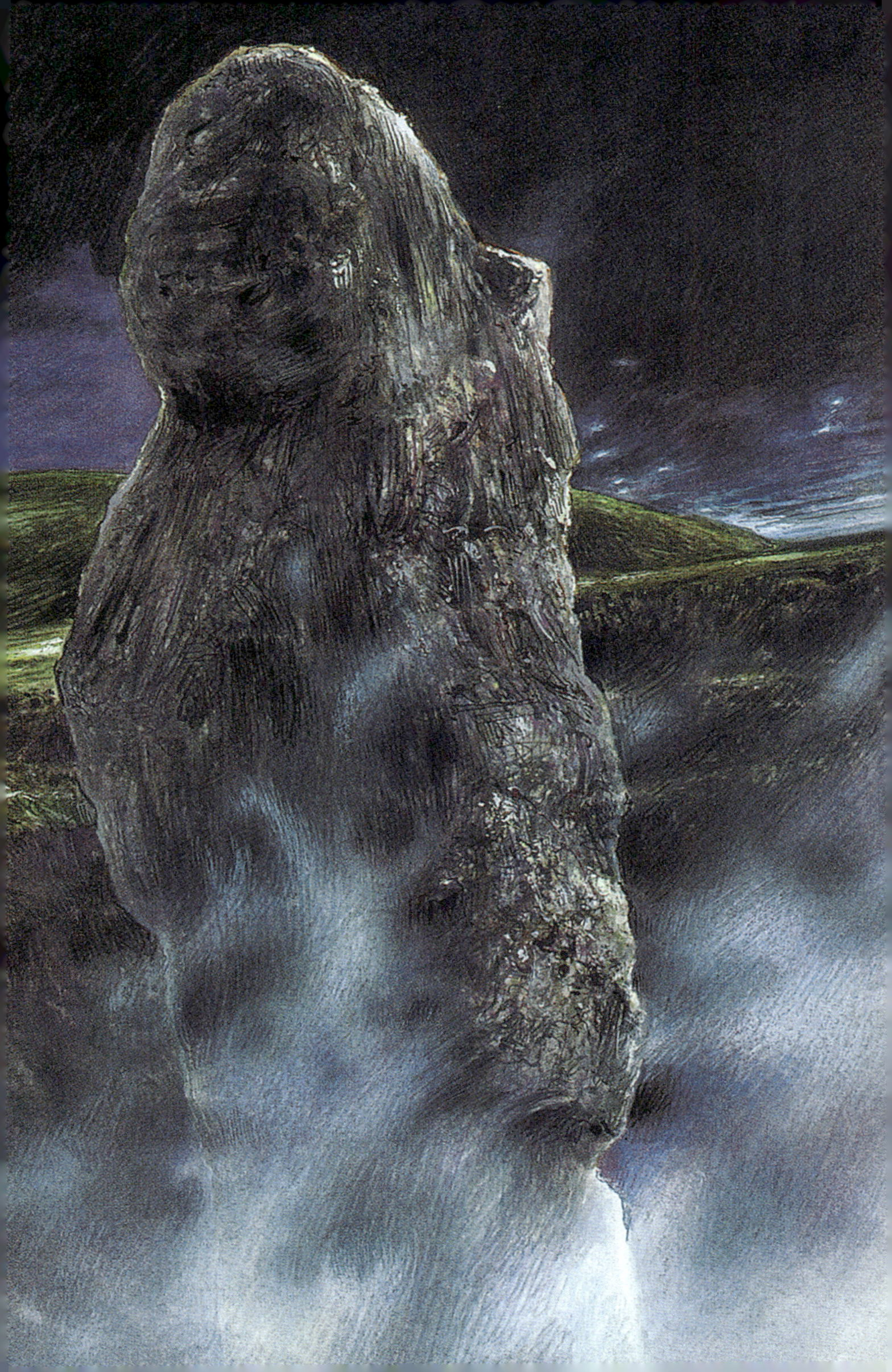

古冢岗

古老的坟地古冢岗位于夏尔的东部和老林子，这片丘陵地上没有树也没有水，只在圆顶山丘上有绿草和巨石。许多人认为这是第三纪元中土世界最大的人类坟地，这些皇室古坟受到阿尔诺登丹人的极度尊重。探寻魔戒时，这些古坟遭到安格玛王国诞生的古冢尸妖等恶灵的缠绕。持戒者和弗罗多·巴金斯穿越这片恶灵萦绕之地时，被拉入墓穴中，又被这些不死幽灵的催眠符迷惑。

第八部分 探寻魔戒

布鲁南渡口

布鲁南渡口是一条由精灵之力守护的魔法河。因为从这个渡口过河就会进入隐秘之地伊姆拉崔,又称"瑞文戴尔"。此地的统领者是半精灵埃尔隆德,它拥有精灵三戒之一。保卫渡口的也正是埃尔隆德魔戒的魔力,瑞文戴尔也因此得以成为世外桃源。孤山探险的过程中,索林及其部队在穿越食人妖森林后,得到了穿越渡口进入瑞文戴尔的许可。而在探寻魔戒的过程中,弗罗多·巴金斯就是在布鲁南渡口惨遭九名黑骑手攻击。这些骑手就是索伦的不死奴仆,又名"戒灵"。

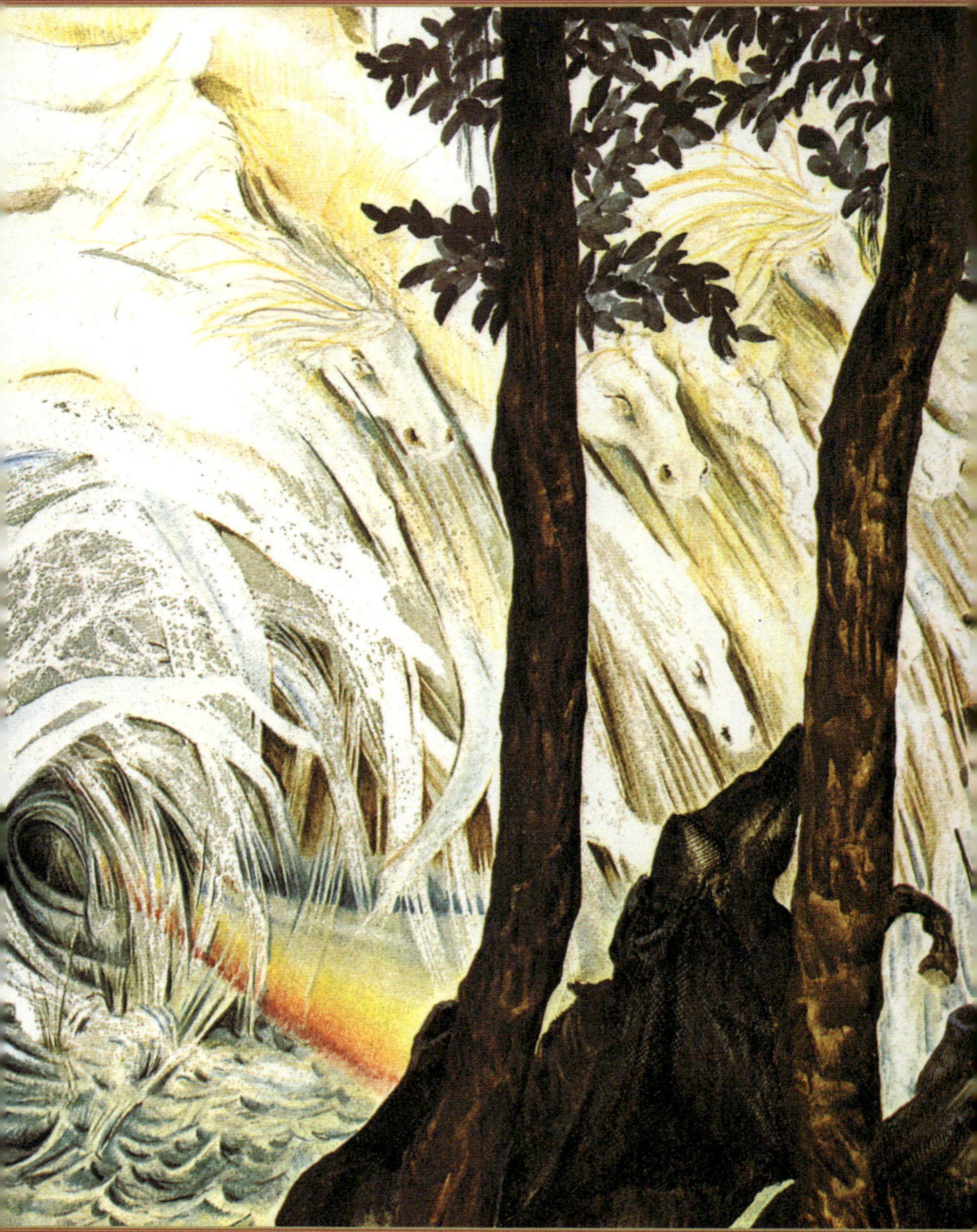

河流都被黑骑士的暴行激怒

大海东面的最后家园

第二纪元索伦与精灵开战，紧接着，半精灵埃尔隆德之主带着伊利雅德工匠精灵们逃向迷雾山山脚下的伊姆拉崔——陡峭的隐秘谷瑞文戴尔。这里被称为"大海东面的最后家园"，里面住着聪明人、好学者，以及善良的精灵和人类。探险后的比尔博·巴金斯在此找到和平，而在渡口惨遭戒灵袭击的弗罗多·巴金斯也在此找到了避难之所。护戒使者是在瑞文戴尔成立的，而探寻魔戒的计划也诞生于此地。魔戒圣战后，埃尔隆德离开瑞文戴尔，前往阿门洲。虽然其他很多精灵曾经留在这里，但最后一艘精灵船在第四纪元从灰港岸驶离时，瑞文戴尔最终还是惨遭废弃。

181 页图：山谷中的最后家园

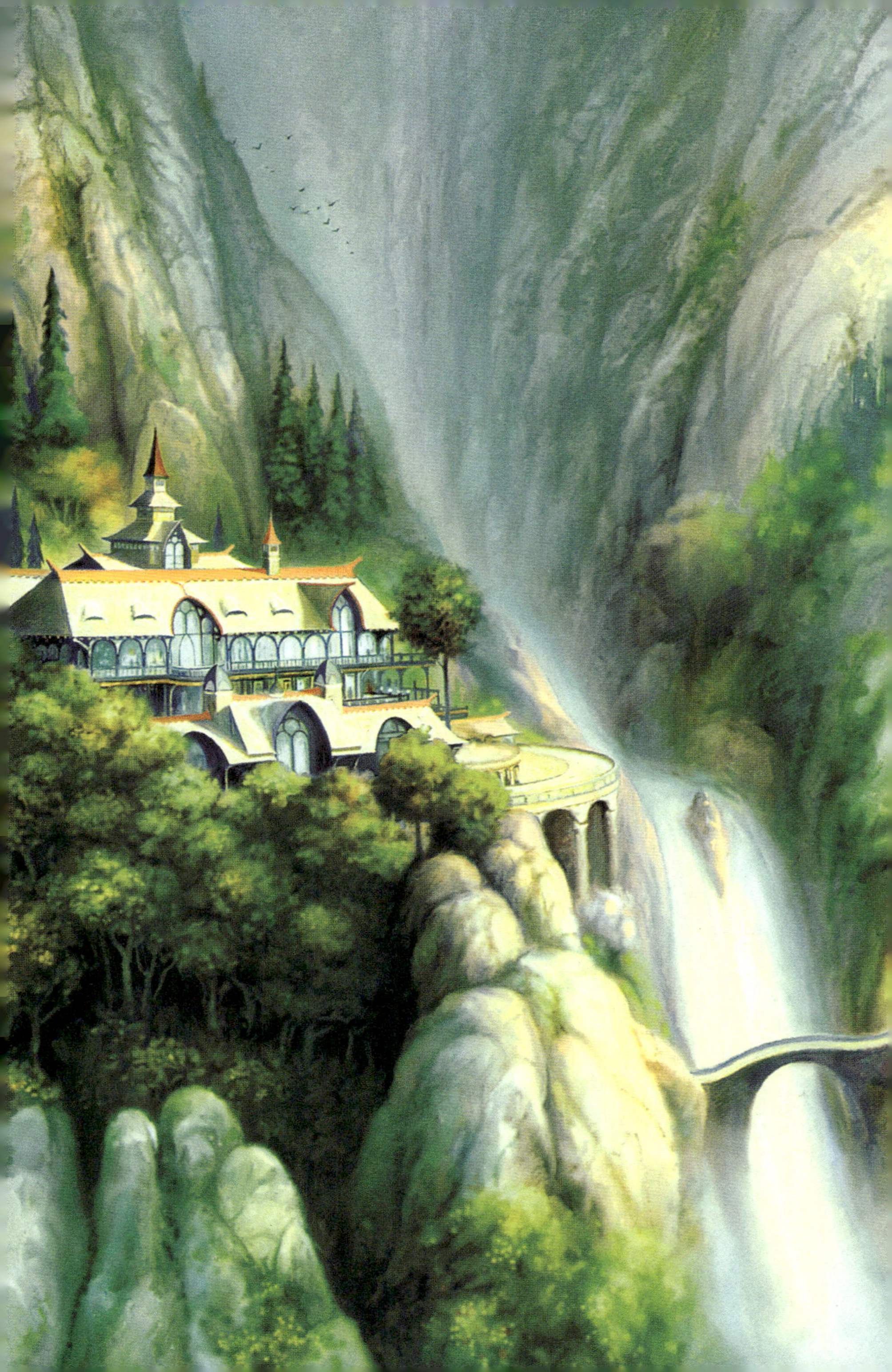

到了第三纪元,卡扎督姆已成为莫瑞亚的阴森矿山

第八部分 探寻魔戒

莫瑞亚矿山

在众矮人王国中,最古老、最出名的就数当初叫作卡扎督姆的王国了。这是矮人七祖之首——长命都灵——的祖居地。卡扎督姆在五个星辰纪元和三个太阳纪元中发展得繁荣昌盛。太阳第二纪元时,矮人与珠宝工匠,也就是打造出力量之戒的伊瑞詹工匠精灵的友谊长足发展。但在第二纪元索伦统治下的被诅咒的年代,矮人封闭自我,与世隔绝,卡扎督姆也在此时更名为"黑暗裂缝"莫瑞亚。

矮人一直在迷雾山下挖掘、锻造,直到太阳第三纪元1980年,矮人在巴拉辛巴山下深挖时,把一个深埋于莫瑞亚大殿的炎魔释放出来。炎魔的力量与怒火过于可怕,有些矮人被杀害,另一些则被逐出王国。

正因如此,护戒使者进入莫瑞亚时,这里就是一个被矮人遗弃多年的黑暗裂缝,其宝藏也被兽人部落剥夺。但那炎魔以及许多兽人及食人妖群还游荡在这贫瘠的廊道上。

兹拉克兹格尔和都灵之塔

在迷雾山脉众雪峰中,有三座高于莫瑞亚,兹拉克兹格尔就是其中之一。人类称其为"银峰",而精灵则叫它"塞勒勃迪尔"。其他两座雪峰则是精灵语中的"法纽多尔"和"卡拉德拉斯",即

兹拉克兹格尔——迷雾山险峰之一

人类口中的"云峰"和"红角峰"。在兹拉克兹格尔顶峰，蜿蜒曲折的无尽之阶顶峰，立着一个叫作"都灵之塔"的警戒室。第三纪元末，巫师甘道夫和莫瑞亚的炎魔开战。在这场巅峰之战中，无尽之阶和都灵之塔毁于一旦。

罗斯洛立安金色森林

第三纪元时中土世界的最美精灵王国是罗斯洛立安,由诺多夫人凯兰崔尔和辛达之王塞利博恩统治。这片林地王国中生长着中土世界最高、最美的树,似乎还闪耀着远古精灵王国的些许光辉。

罗斯洛立安的中心是瑟林·安罗斯山,精灵之王安罗斯曾在此居住。据说这里是个美丽的魔法宝地,精灵之花伊拉诺和宁佛黛尔时常绽放。在这里,半精灵埃尔隆德之女阿尔温和亚拉松之子阿拉贡许下山盟海誓。第四纪元时,阿尔温还回到这山上来寻找最后的休憩之所。

护戒使者逃离了索伦奴仆的攻击,来到了罗斯洛立安魔法王国,在加拉德林精灵中寻找到避难所稍事休息。

加拉德林对森林路径烂熟于心,它们生活在高高的树上,几乎是隐形状态。罗斯洛立安还受到凯兰崔尔和精灵三戒之一南雅(钻石魔戒)的保护。

罗斯洛立安闪着金光的蔓蓉树

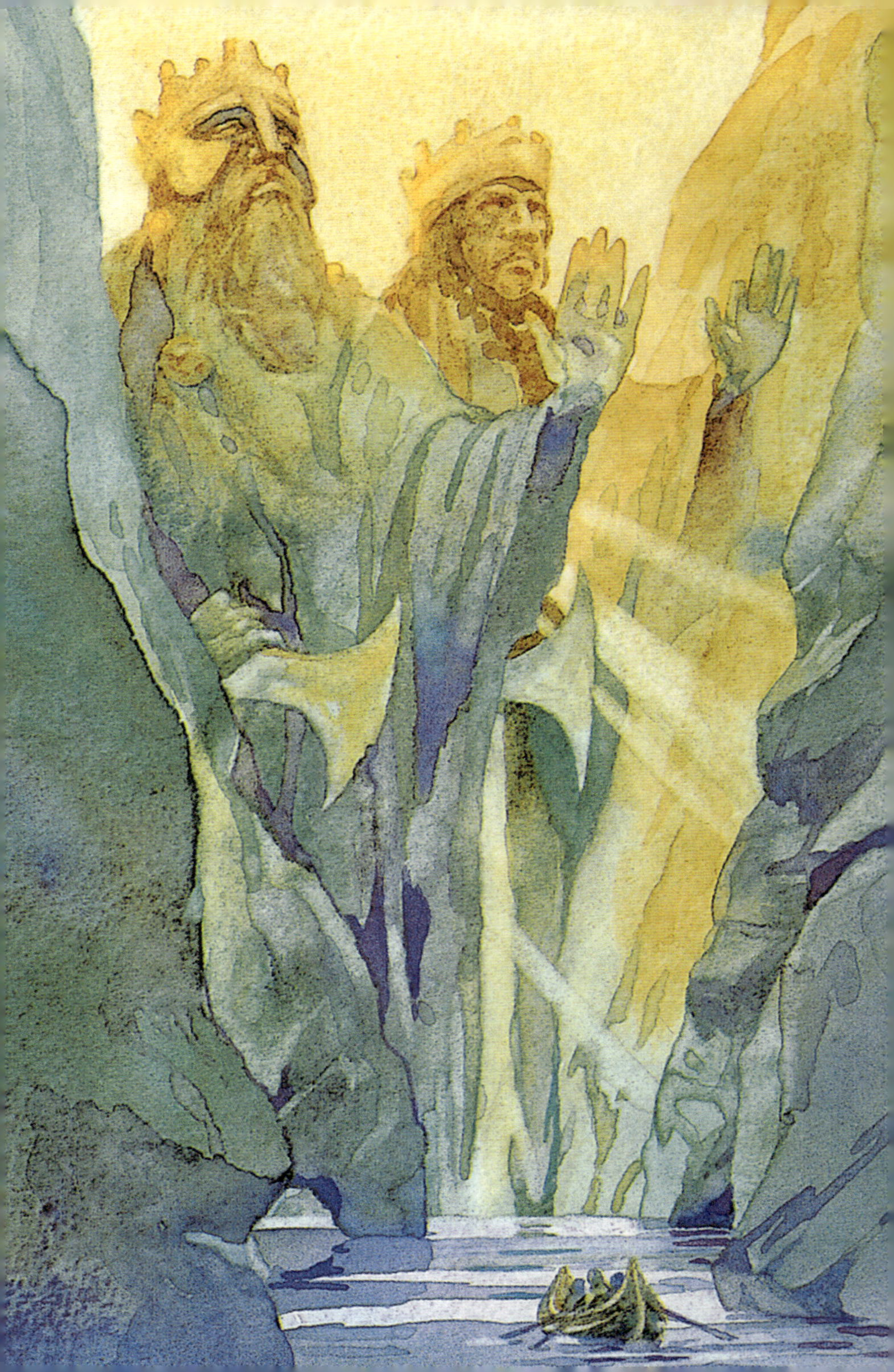

第八部分 探寻魔戒

刚铎之门亚苟那斯

安都因河上的拉洛斯瀑布之上有一面湖,汇入其湖的河水河畔两边的高耸峭壁被两大雕塑拦断,这两大雕塑就是亚苟那斯。亚苟那斯意为"皇家石像",又因石像所刻画的分别是伊熙尔杜和安那瑞安,这雕塑又有"国王之柱"或"刚铎之门"的称号。这两大雕像是第三纪元1340年用原生岩石雕刻而成,用以标志刚铎北边界。持戒者弗罗多和护戒使者就是沿着河流通过这刚铎之门来进行探寻的。

188页图:比安都因河还高的"国王之柱"

拉洛斯瀑布

刚铎北边界处,安都因河上的拉洛斯瀑布可谓第三纪元中土世界最壮观的瀑布。拉洛斯意为"咆哮的泡沫",准确地描述了高高的瀑布从艾明穆尔高地上的兰西索湖落到下面的沼泽地时,在金色薄雾中闪闪发光的景象。虽然瀑布无法通行,但悬崖上开了一条叫作北梯坡的运输路线,以此绕过瀑布。探寻魔戒的时候,波洛米尔的丧船曾航行于拉洛斯瀑布之上。

波洛米尔的丧船安然无恙地航行于拉洛斯瀑布之上

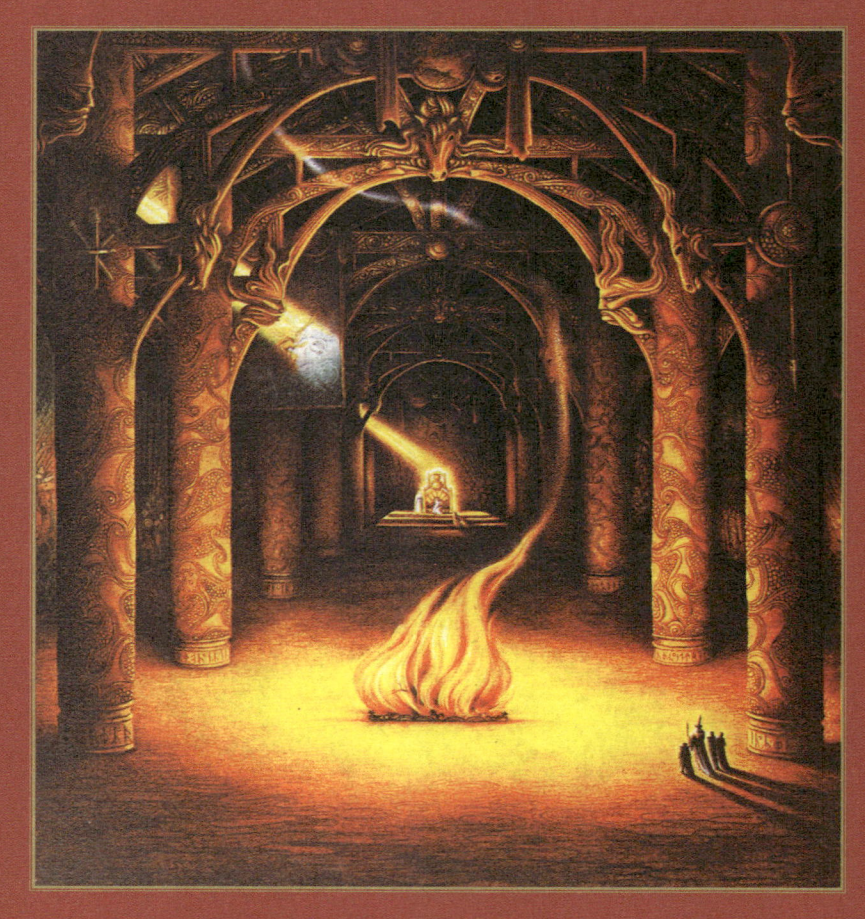

洛汗金色大殿——宴会取暖之地

第八部分 探寻魔戒

洛汗金色大殿

第三纪元时,登丹人的最强盟友是洛汗人——中土世界的最强骑手。洛汗的国王在其金色大殿梅杜瑟尔德统治全国长达500年之久。在魔戒圣战爆发之时,洛汗停止了对登丹的援助,因为洛汗国王被反叛者巫师索伦的邪恶力量黑化。但甘道夫及远征队的其他三位成员来到金色大殿,打消了洛汗骑士的恐惧。洛汗人觉得不能让盟友登丹人丢脸,便鼓起勇气,加入魔戒圣战。

萨鲁曼

为营救中土世界的人类，阿门洲派出五位巫师（伊斯塔尔），由奥力手下小神之一库茹尼尔（萨鲁曼）带领，人类称之为"白袍萨鲁曼"。他虽然聪明博学，但找到至尊魔戒后却自傲地滥用其魔力。他还给自己改名为"彩袍萨鲁曼"，并统领了艾森加德要塞的兽人和人类军团。

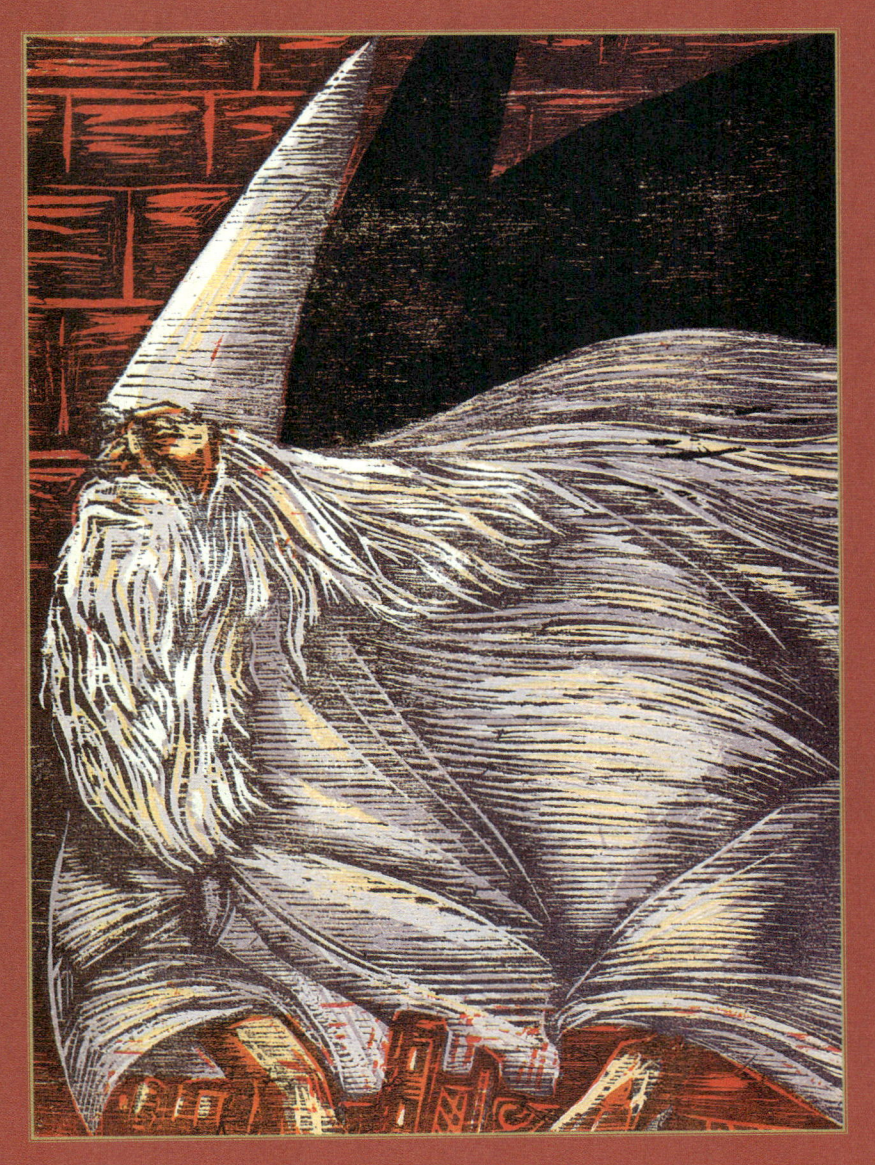

白袍萨鲁曼——伊斯塔尔首位领军者

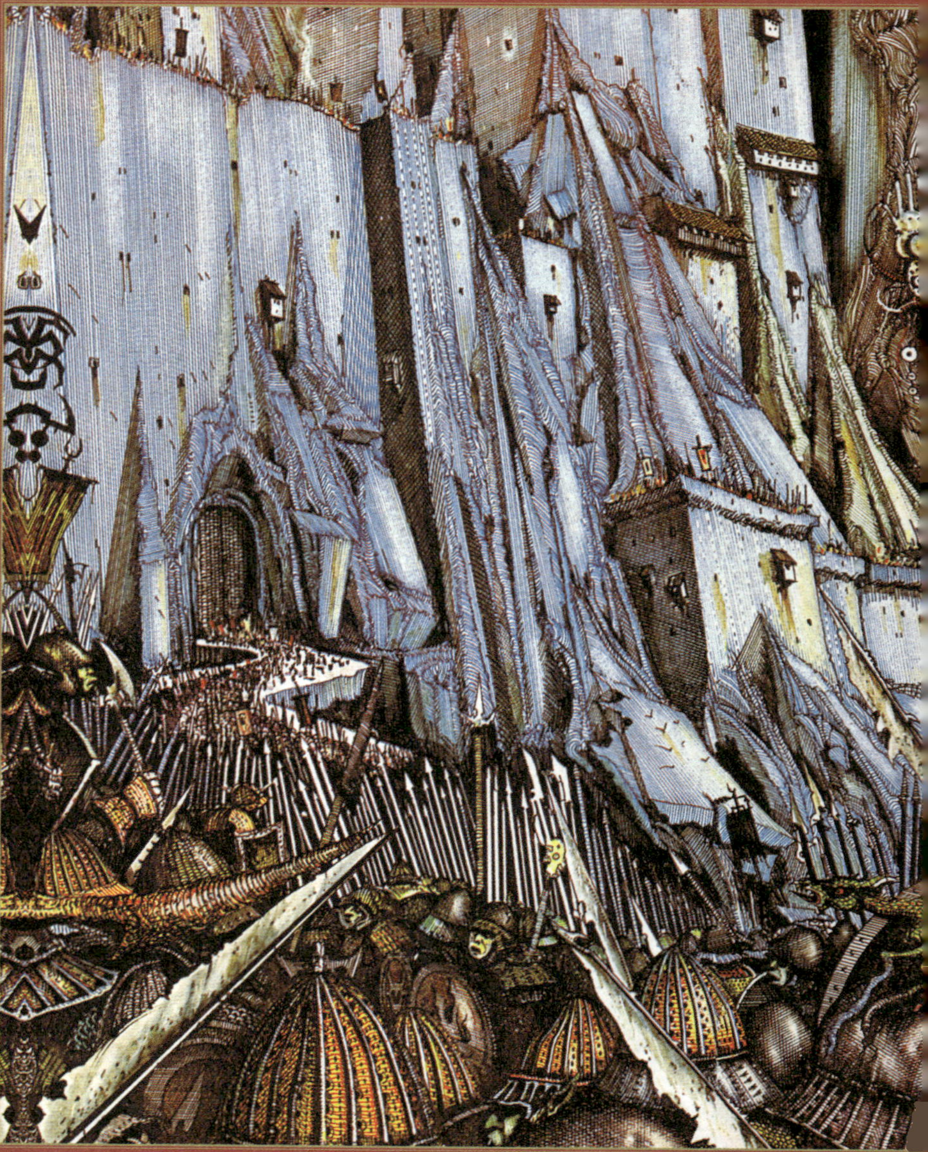

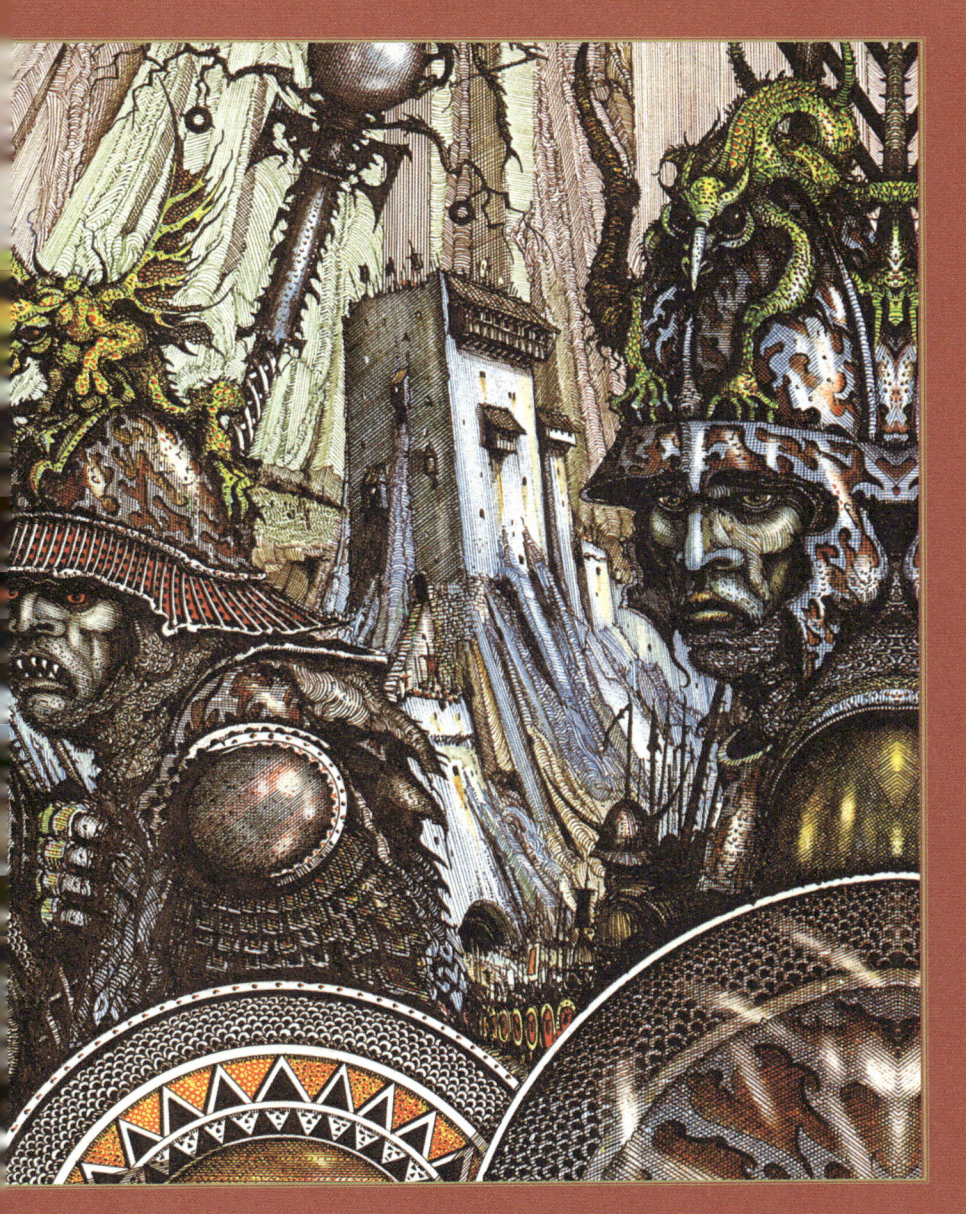

号角堡之战——魔戒圣战中损伤最大的战役之一

号角堡之战

洛汗人在有实力与魔多"黑暗魔君"对决的魔戒圣战中援助其同伴刚铎人类之前,发现首先要解决的是洛汗领地内部的战乱。反叛者巫师萨鲁曼那支由乌鲁克人、兽人和半兽人组成的强大军团走出艾森加德,向洛汗骑兵愤怒宣战,将碰到的骑兵全都赶走,逼他们去圣盔谷古堡"号角堡"中避难。在此地,护戒使者阿拉贡、矮人吉姆利和精灵王子莱戈拉斯加入洛汗阵营。

魔戒圣战最大战役之一在号角堡打响,敌军猛攻土方防御工事与城墙,并攻破了古堡大门。

第八部分 探寻魔戒

艾森加德城墙

在魔戒圣战中,"黑暗魔君"索伦的邪恶盟友似乎遍及各个角落。最强的一队是反叛者巫师萨鲁曼,他把控着艾森加德的高塔和古堡。萨鲁曼曾被认为是刚铎和洛汗人类的朋友,便得到了艾森加德之匙,但他后来被"魔戒之王"诱惑,加入了他的联盟。因此,萨鲁曼便跟兽人、乌鲁克人、登丹人和半兽人混在一起了。

萨鲁曼的奴仆们肆意损害并烧毁艾森加德森林,其他生物也因受到侵犯而卷入战争,这真是始料未及。森林古老的护卫树人呈半树半人形态,是中土世界最高大、最强壮的物种,他们正面迎战萨鲁曼。一排排有仇必报的巨树人攻破了艾森加德城墙。

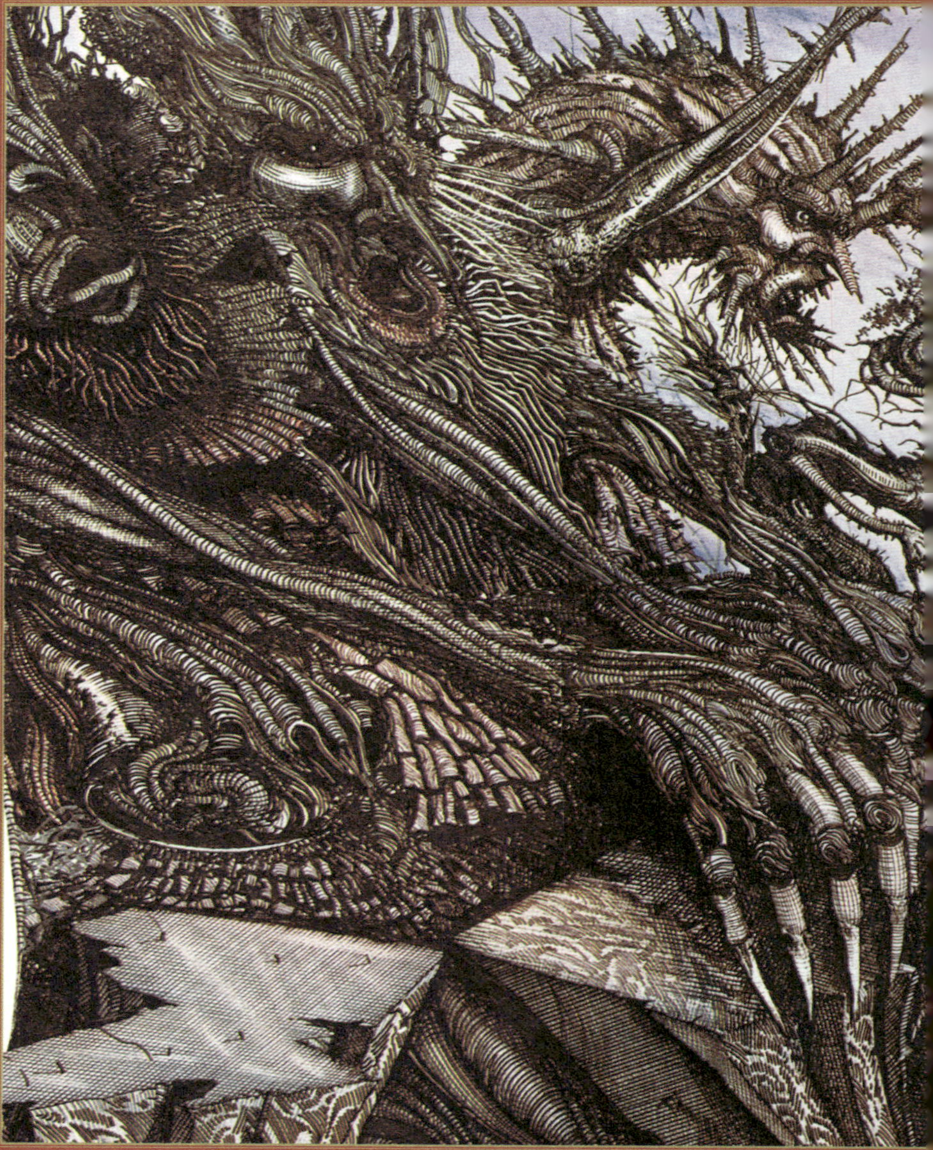

艾森加德无法抵挡树人之怒

咕噜带领弗罗多与山姆卫斯穿越臭烘烘的沼泽迷宫

第八部分 探寻魔戒

死亡沼泽

安都因河上的拉洛斯瀑布与魔多山脉之间是一片广阔的沼泽地带,叫作"死亡沼泽"。因为沼泽地几乎无路可走,水被毒化变得浑浊,而且到处都是死去的人类、精灵和兽人的幽灵,所以没有人敢穿越这肮脏杂乱的废墟。但是,为完成探险,持戒者弗罗多及其同行者决定穿越死亡沼泽,所以他们逼迫咕噜在这险要之地给他们带路。

落日之窗

汉奈斯安努恩，又名"落日之窗"，隐匿在伊锡利恩北部一个壮观的瀑布后，是伊锡利恩游民的洞穴避难所。它的河水汇入可麦伦平原附近、凯尔安卓斯南部的安都因河。这里是天然洞穴，在第三纪元2901年时又被刚铎都灵深入挖掘。魔戒圣战时，法拉米尔及其游民常利用这洞穴作战；弗罗多在探寻魔戒时也曾在此避难。

205页图：壮观之景——汉奈斯安努恩
206—207页图：尸罗惧怕凯兰崔尔的小玻璃瓶发出的光

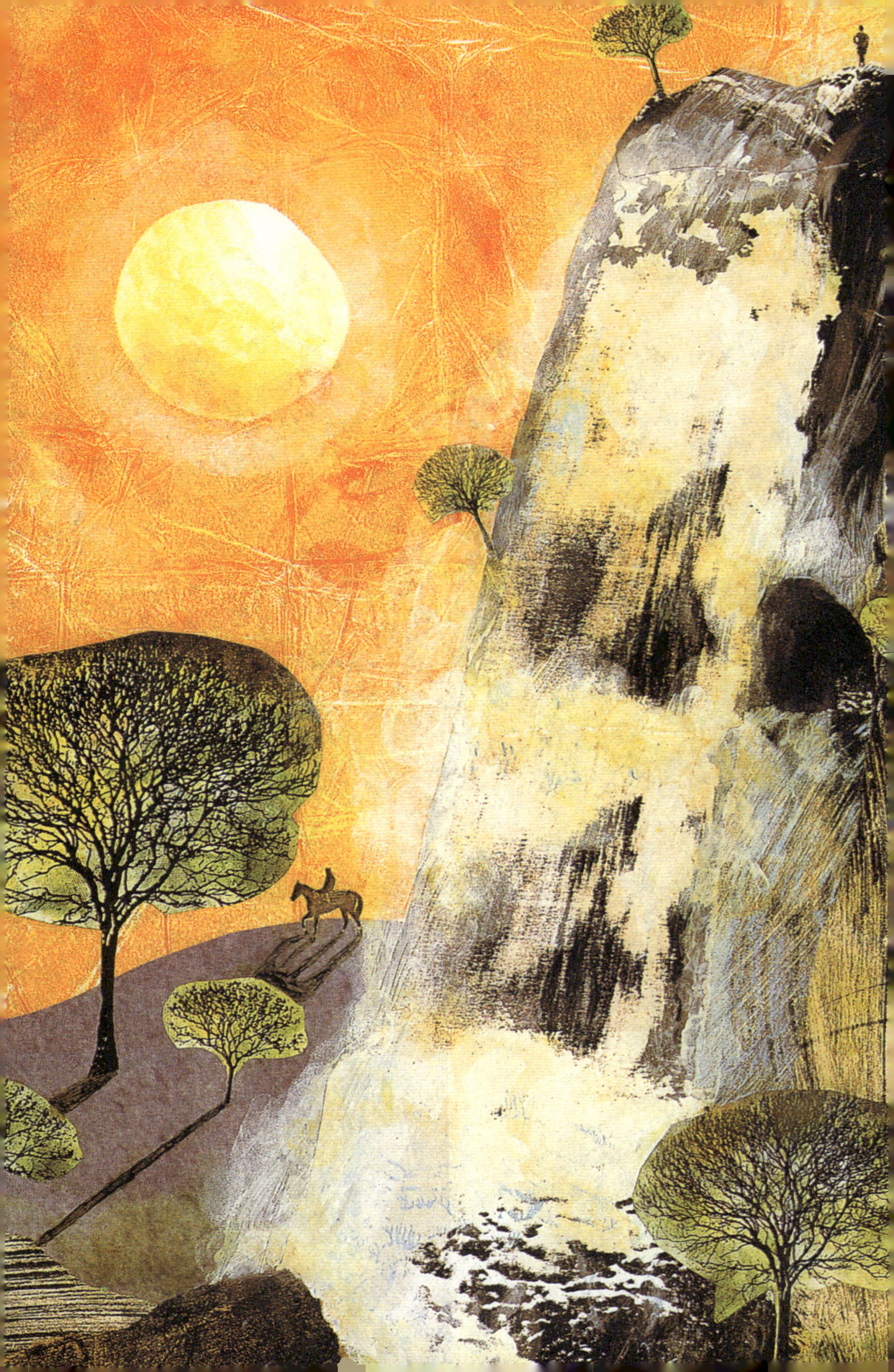

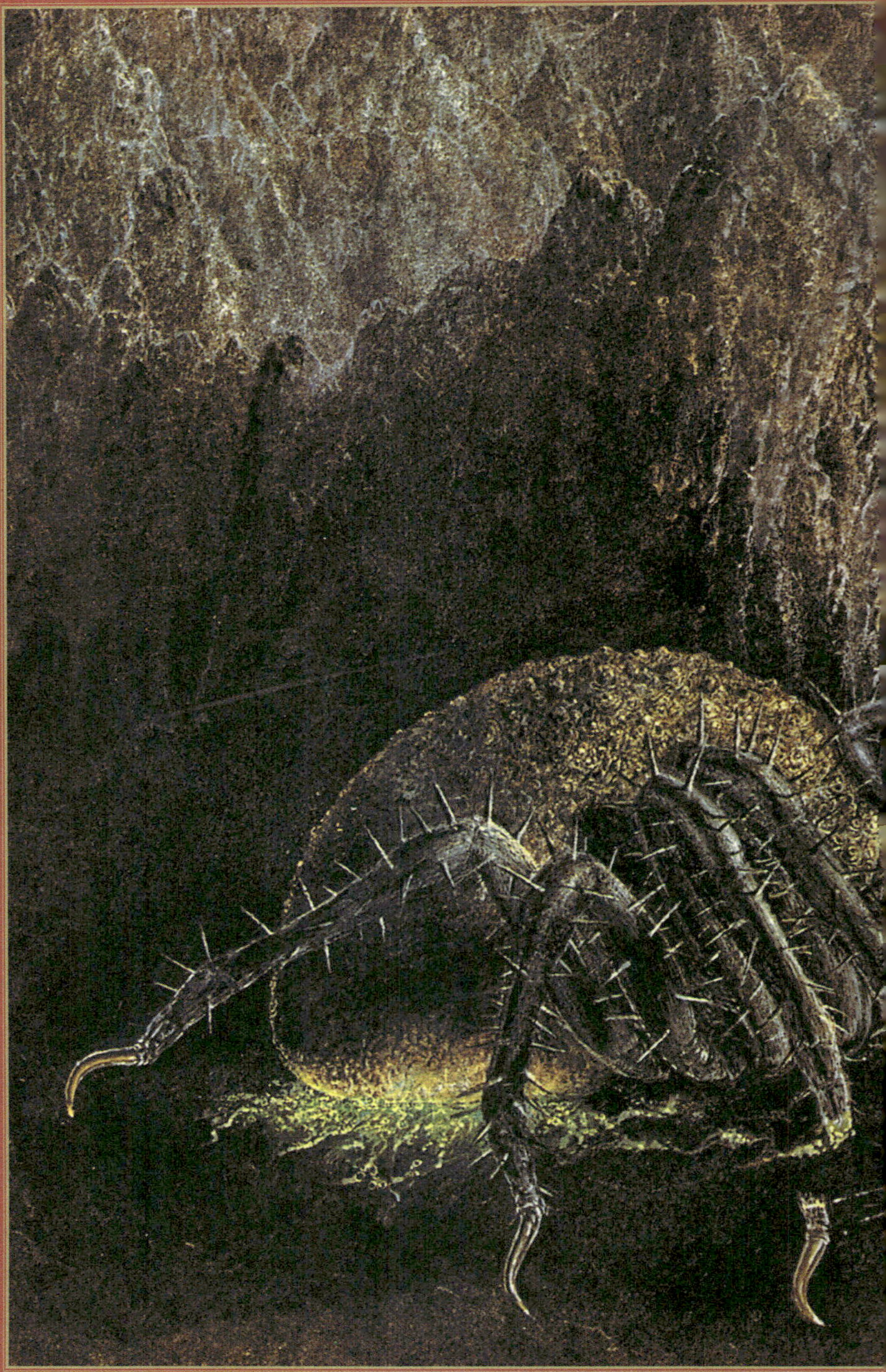

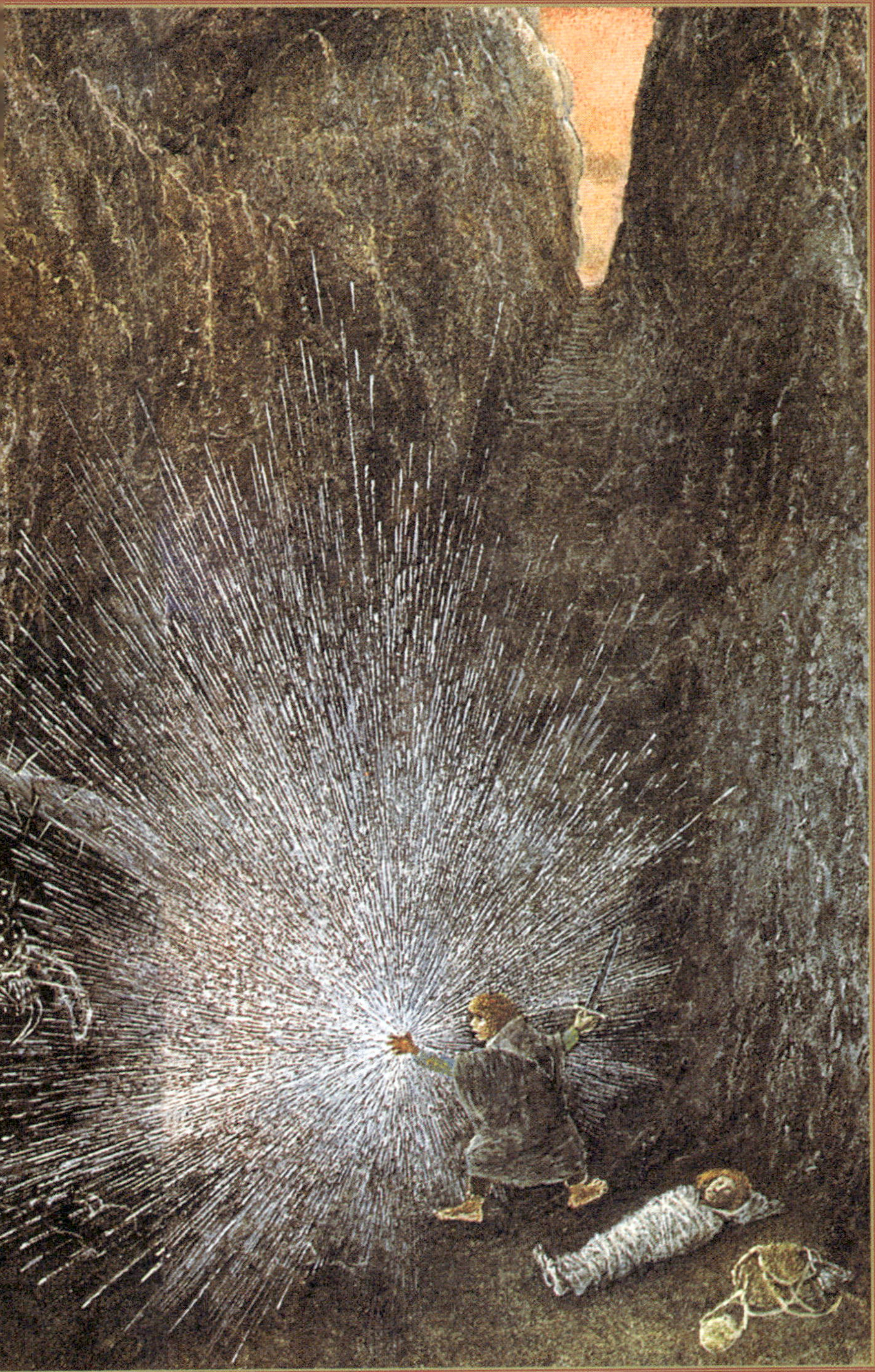

尸罗

魔多山脉有个无人问津的关口,叫作蜘蛛隘口。极少有人尝试从这里进入魔多,因为护卫尸罗是乌苟立安特的最后古老后代。乌苟立安特就是摧毁维拉神树的巨蜘蛛。

尽管这个关口很危险,但面对唯一的机会,持戒者及其同行者只得鼓起勇气尝试。面对咕噜的背叛和尸罗的强大,持戒者被击倒,险些丧生,好在其奴仆山姆卫斯挺身而出,救了他一命。

第八部分 探寻魔戒

魔多山脉

霍比特人在蜘蛛隘口高塔下从尸罗和兽人的攻击中死里逃生后,决定去攀登都阿斯山脉东部山脊上的"黑色围墙"莫亥山。这山脊参差崎岖,其峭壁如尖牙。莫亥山与都阿斯山脉被一低谷隔开,低谷中有条小路通往北方。两位霍比特人从莫亥山山顶俯视那荒凉的高格罗斯高原及更远之处,再往东看还可以发现其探寻之旅的终点在末日山火山处。

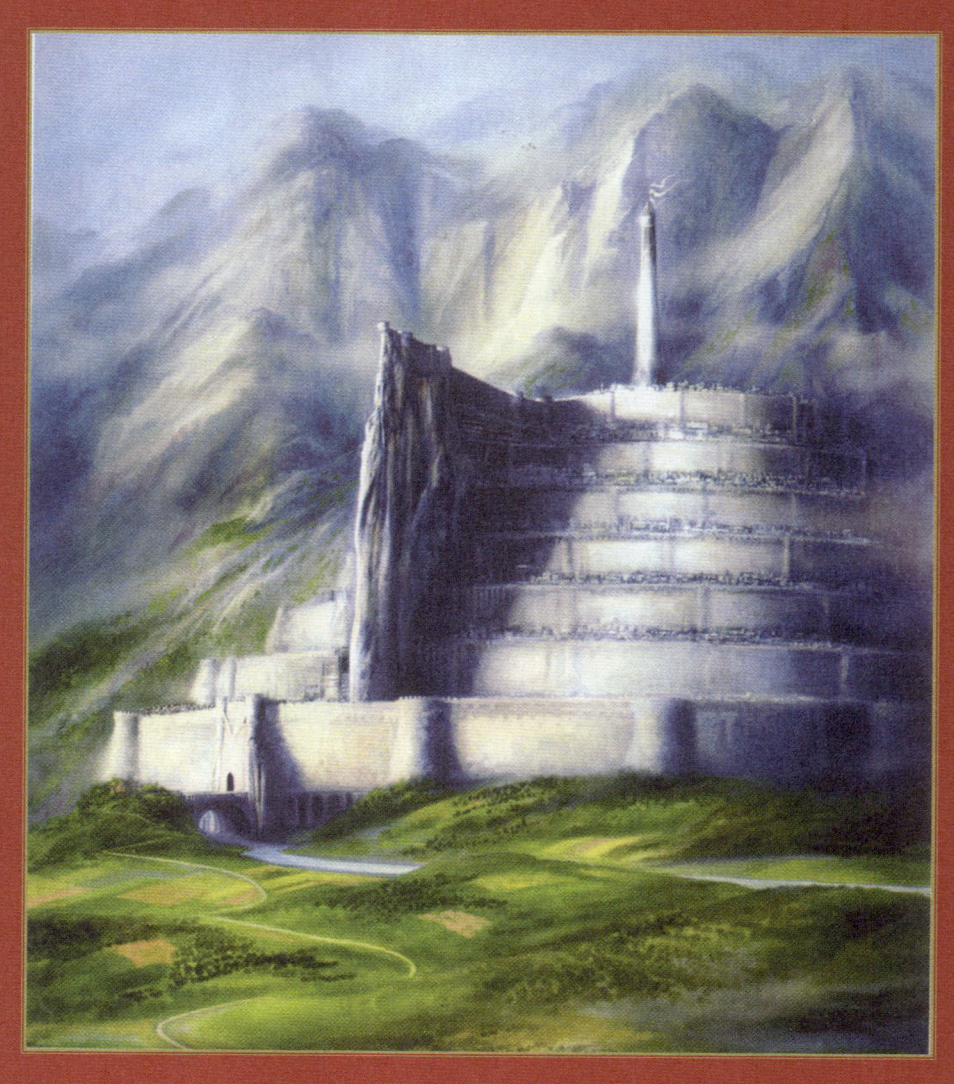

米那斯提力斯让人望而生畏

第八部分 探寻魔戒

米那斯提力斯

米那斯提力斯(辛达语,意为"守卫之塔"),是第三纪元下半叶欧斯吉利亚斯陷落后的刚铎都城。此地最初名为"米那斯雅诺"(辛达语,意为"落日之塔")。

这座城市有七层楼高,除第一层外,其余都被后面山上突出来的巨大岩石分开。第七层与山坡顶部同高,这里有刚铎城堡,还有从其中心高耸的埃克西利翁塔。塔前的院子里长着一棵白树——刚铎的象征;塔顶的一个密室里,刚铎护卫们守护着米那斯雅诺的七晶石。

米那斯提力斯被帕兰诺平原包围。魔戒圣战高潮时,帕兰诺平原之战打响,打破了这片农田原有的宁静。

邓哈罗与丁默山

洛汗的邓哈罗是中土世界最古老的堡垒之一,只有从山崖峭壁上折回来的路才能到达此地,它是一项具有里程碑意义的工程。路的尽头是一堵岩石墙,墙顶部有个缺口,有个斜坡通向邓哈罗要塞。这是一片又高又宽的高山草甸,战时成千上万的人可以在上面扎营。其上是一条巨大的走廊,由形状不规则的黑色立石组成,直通丁默山,也就是"幽灵山";还有一堵黑色石墙,巨大拱门"黑暗之门"从中穿过,这扇门也被称为"亡者之门"。这条路通向一条幽谷,幽谷里有许多亡灵出没,阻止生者从这条废弃的山口到白色山脉的另一边去。魔戒圣战期间,未来国王阿拉贡就是从亡者之路来的。他以登丹王国继承者的身份征兵,带领一支由邓哈罗亡者组成的幽灵军队。

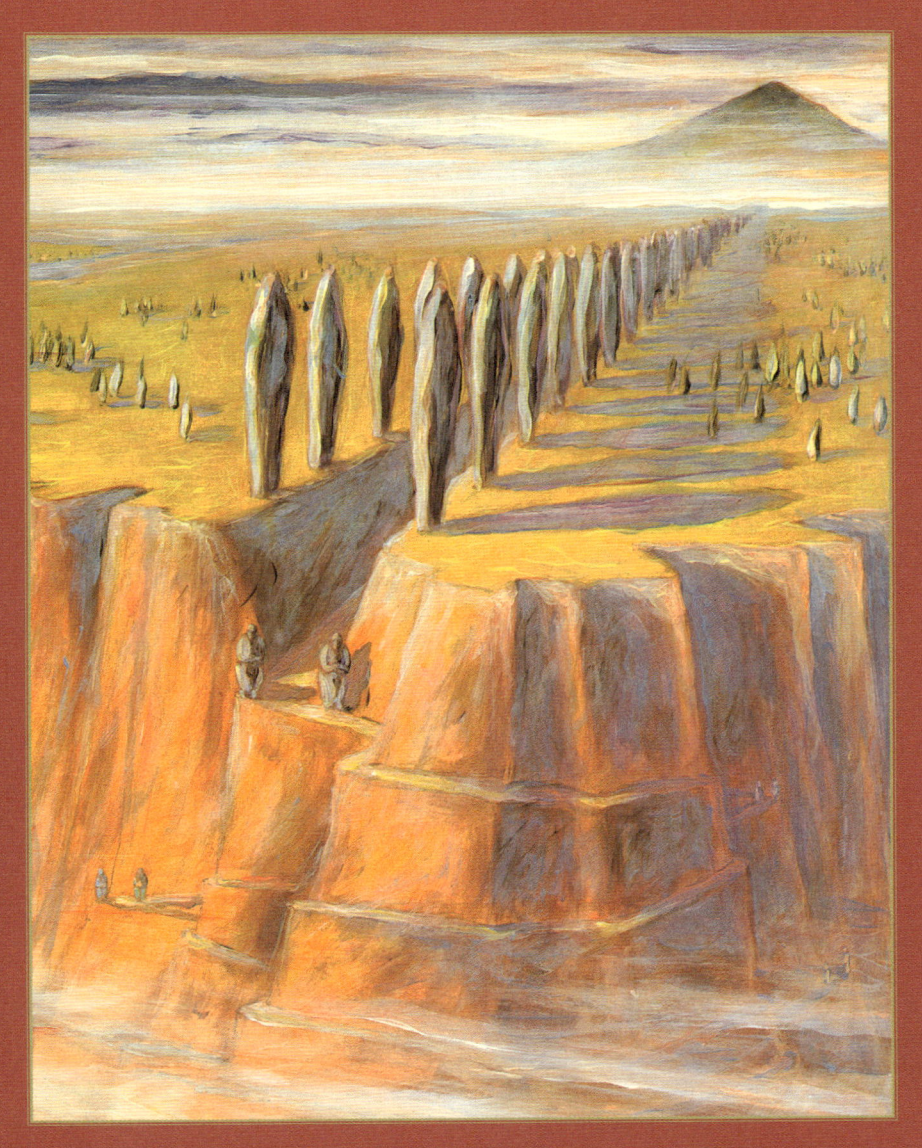

邓哈罗入口通往黑暗

米那斯魔窟

第三纪元 2002 年时，戒灵巫王围攻堡垒城市米那斯伊希尔（又名"月亮之塔"）已有两年之久，终于将其攻陷，并更名为"米那斯魔窟"（又名"幽灵之塔"）。这里后来还叫作"邪法之塔"或"死亡之城"。它与其对手米那斯提力斯的结构相似，后来变成了幽灵缠绕的邪恶之地，还会在夜里发出幽灵般的光芒。由于某种神奇的魔法或是恶魔般的机械，高塔上层的房间一直在警戒中缓缓旋转。一千多年来，米那斯魔窟都在戒灵的邪恶统治下，导致伊锡利恩最终国土几乎全部损毁，人口减少。2050 年，魔窟巫王杀害了刚铎末代国王伊亚诺。2475 年，欧斯吉利亚斯包括其石桥被洗劫一空，石桥还被巫王的乌鲁克人军团破坏。魔戒圣战期间，米那斯魔窟在索伦战略中的作用非同一般。魔窟军团是首支直接抵抗刚铎、推翻欧斯吉利亚斯的战略部队。

一度美好的米那斯伊希尔沦为黑暗之塔

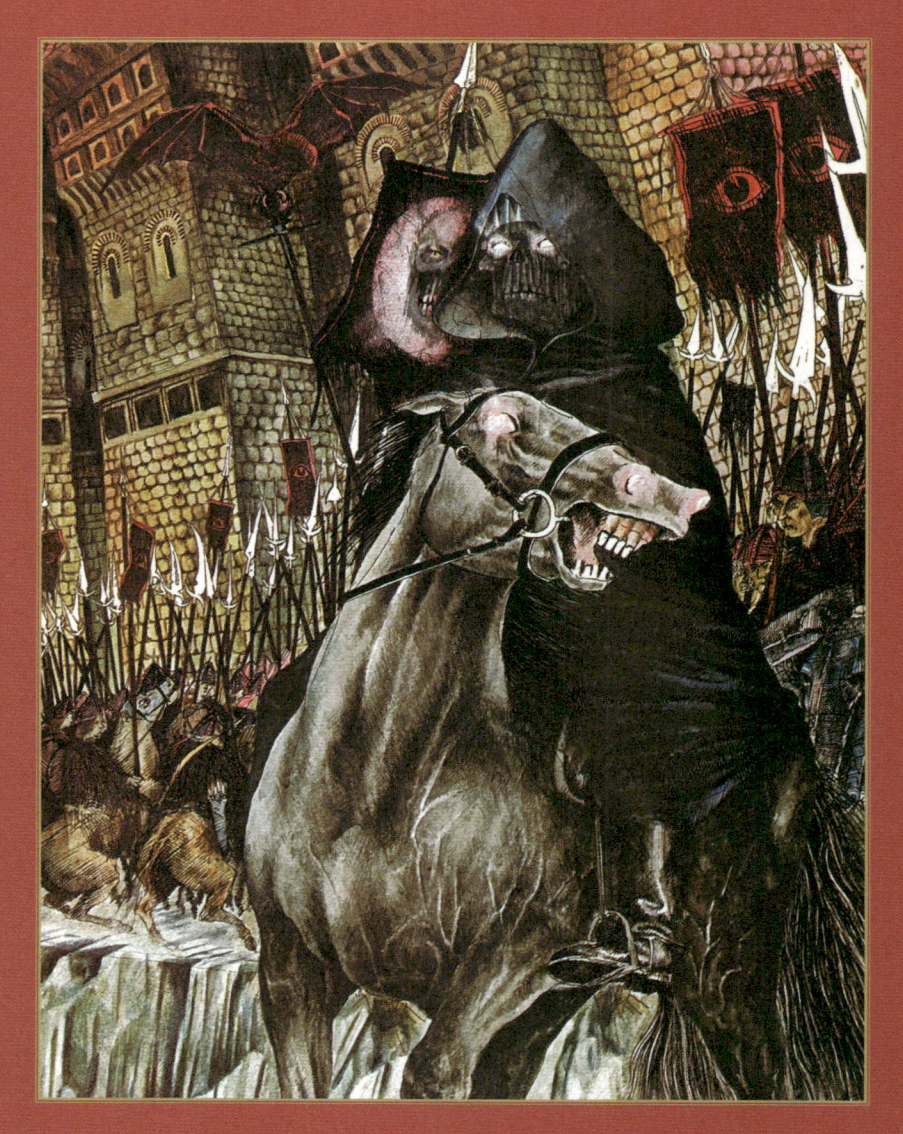

魔窟巫王

第八部分 探寻魔戒

巫王

巫王起初是第二纪元的一位邪术王,"魔戒之王"索伦给了他人类九戒的第一戒,后来他还变成了"戒灵之王"。第三纪元1300年,巫王以安格玛巫王的形态发起反叛,毁坏登丹北方王国。在第三纪元的第二个千年,巫王又开始进攻登丹南方王国。成为魔窟巫王后,他又攻击刚铎人类,打了1000年。在魔戒圣战的关键一战帕兰诺平原之战中,巫王带领一支强大的军队作战。

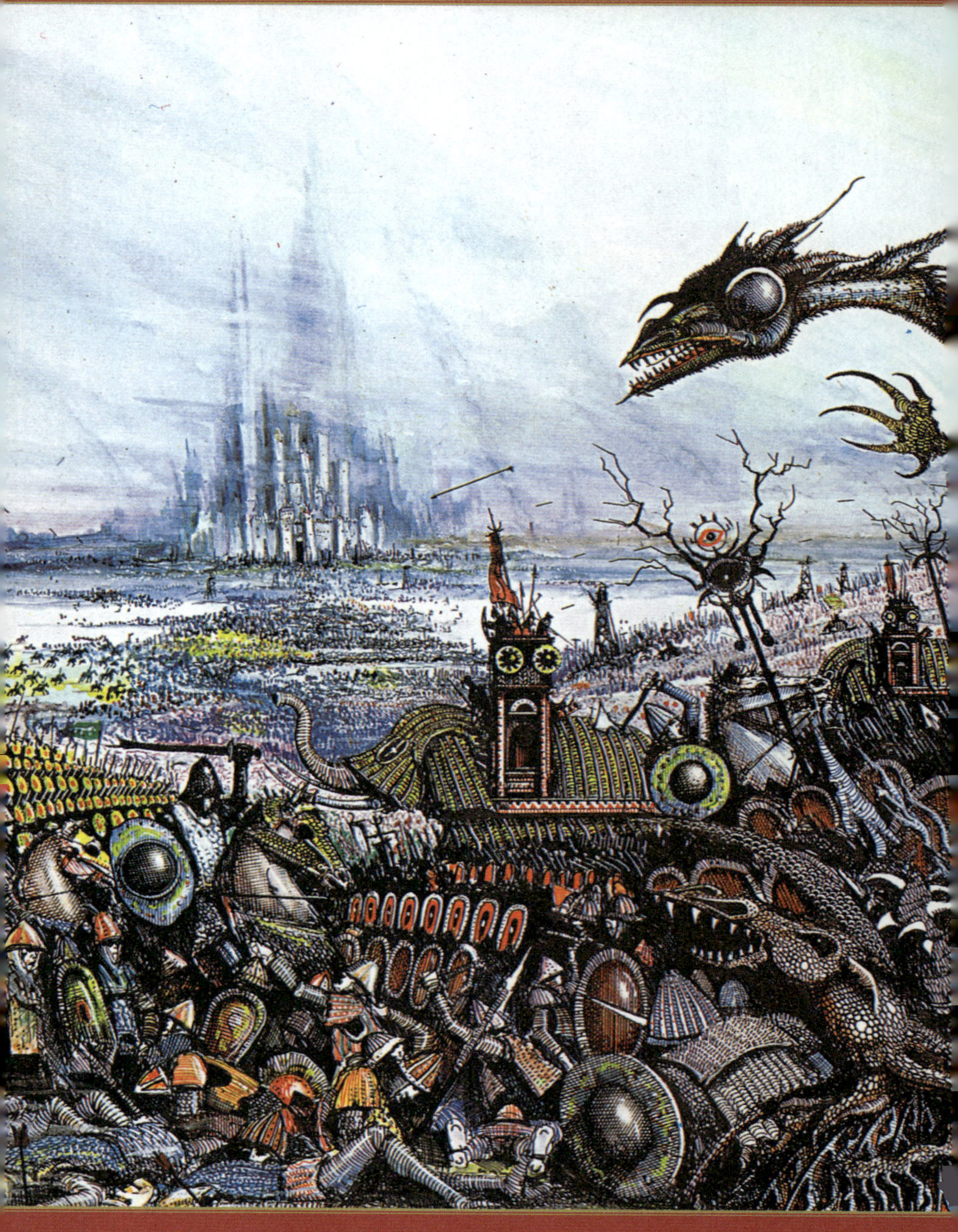

穆马基尔——帕兰诺平原之战敌军成员

希奥顿国王与洛汗人开战

第八部分 探寻魔戒

帕兰诺平原

魔戒圣战中最大一战帕兰诺平原之战，在刚铎白塔前的帕兰诺平原上打响，战时刚铎被魔窟巫王军团包围。身穿猩红色和金色军装的哈拉德骑兵与步兵、巨象穆马基尔、侃德瓦良格人和手持斧头的东方人开战。魔多的兽人、乌鲁克人、巨魔、食人妖和半兽人也加入这庞大的军队。与之针锋相对的是各外邦首领，他们分别来自多阿姆洛斯、罗萨那奇、安法拉斯、摩颂河、伊瑟和皮那斯杰林。刚铎这支军队被逐出欧斯吉利亚斯和拉马斯安澈，在米那斯提力斯城堡内寻求避难之所。战斗持续了两天两夜，巨大兵器、炮火攻击着城墙，火焰与石头像雨点般砸向刚铎人。一切似乎都化为灰烬，黑暗笼罩大地，魔窟军团蜂拥而上，占据了整片平原，巫王击碎城门而入。但出乎意料的是，刚铎盟友洛汗人驾马而来，加入了战斗。

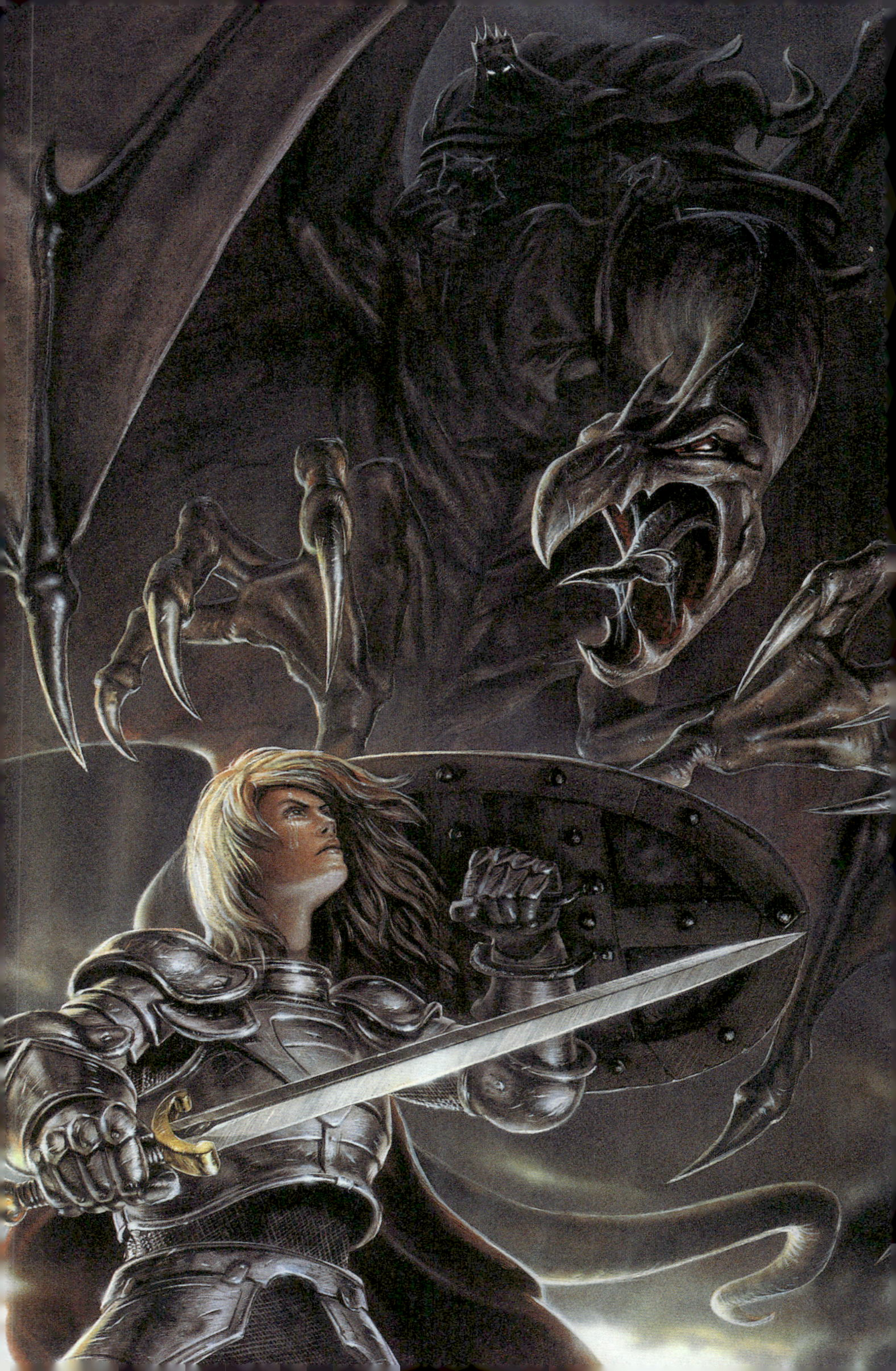

第八部分 探寻魔戒

伊欧玟和巫王

巫王带领庞大的魔窟军队和哈拉德盟军一同加入帕兰诺平原之战时，他相信最终胜利的时刻已经到来。巫王得到一个预言保护，说他不会被男人杀死。在战乱中，巫王发现对手是盾女，也就是洛汗的伊欧玟。哪怕面对索伦最可怕的奴仆、幽灵和巨马，盾女也能坚定勇敢地作战。

222 页图：巫王与盾女

末日裂隙

绵延不绝的魔多火山，又称"末日山"，更确切地说是欧洛都因，意为"火焰山"。第二纪元 1600 年时，在火山锥的火焰室和"末日裂隙"中，索伦就是以此为火焰和熔炉锻造了至尊魔戒。末日裂隙对魔戒圣战的作用至关重要，因为只有在此才能销毁至尊魔戒，破坏索伦之力。3019 年，弗罗多抵达末日裂隙，但在那犹豫的片刻之间，咕噜就把至尊魔戒给抢走了。

咕噜下坠

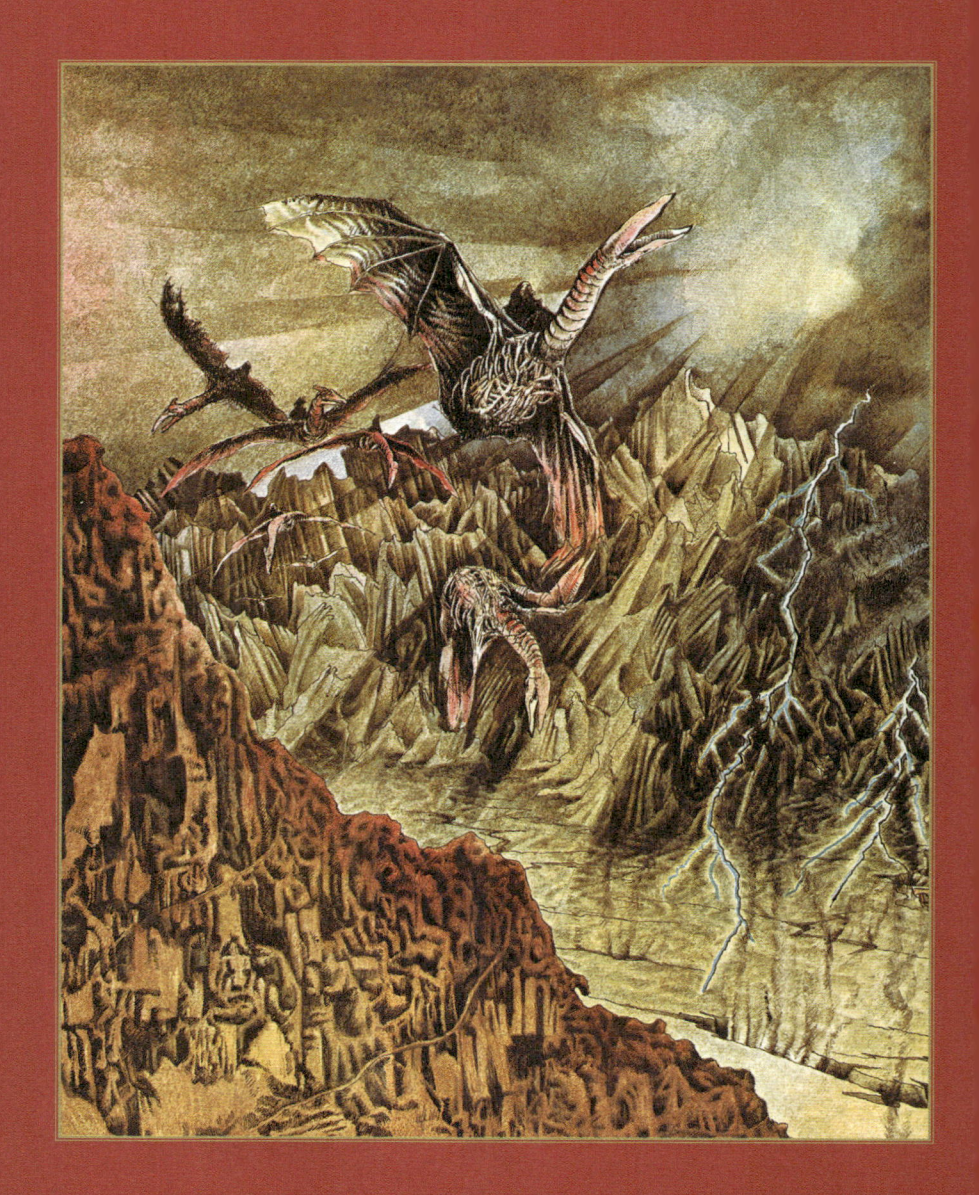

魔多成为废墟

第八部分 探寻魔戒

魔多的毁灭

五千多年来,"黑暗大地"魔多一直是"魔戒之王"索伦寻求统治中土世界的权力根据地。魔多三面被群山包围,中心高格罗斯高原是一个辽阔沉闷之地,到处都是矿渣堆和兽人坑,被掩盖在末日山冒出的滚滚浓烟之下。这里也是巴拉督尔——索伦的魔多邪黑塔。末日山又叫"安马斯山",即"厄运山",因为火焰将随着索伦的命令从中心火山口喷薄而出,而索伦不在时火山会停下静止,索伦每次回来,火山都会爆发。魔戒探寻结束时,火山最后一次喷发,毁灭了整个魔多。

大气层

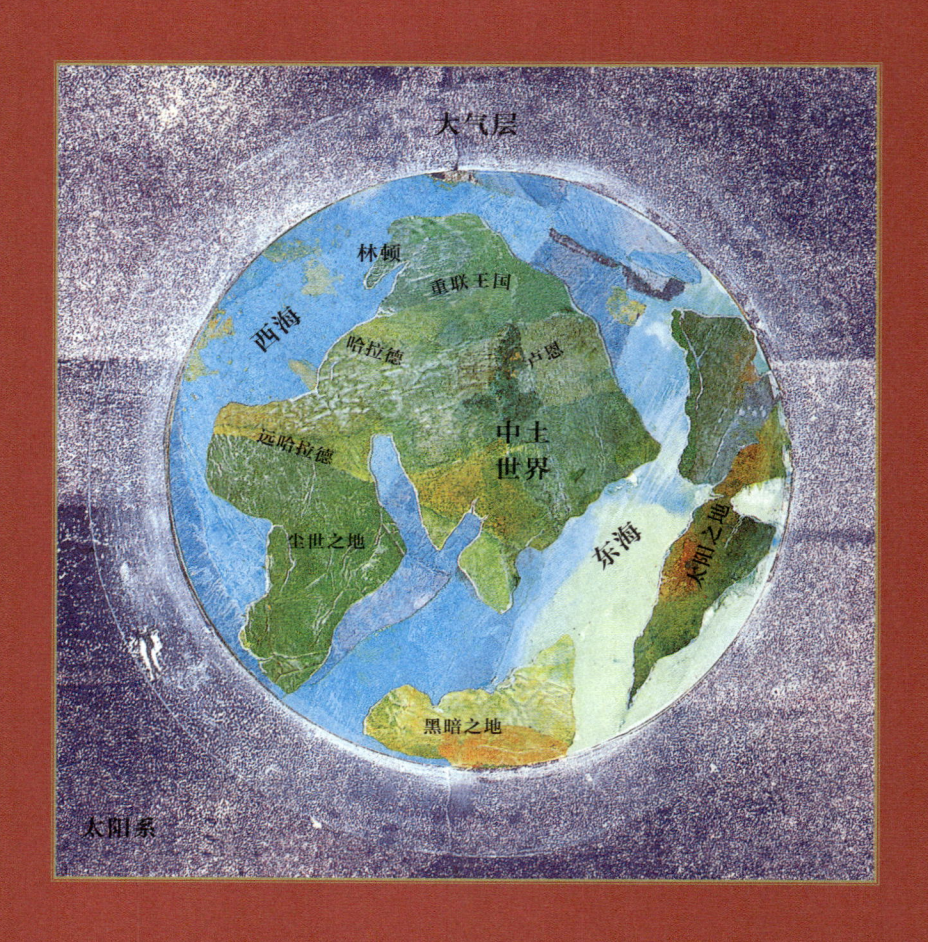

林顿
西海　重联王国
哈拉德　卢恩
远哈拉德　中土世界
尘世之地　东海　太阴之地
黑暗之地

太阳系

太阳第四纪元

当最后一艘精灵船最终在第四纪元到达那不朽海岸时,阿门洲消失不见,进入了人类无法理解的另一个空间。球形世界逐渐演变成所谓的地球,广阔大陆也向我们熟悉的世界发展。神话时代进入了有记载的历史时代,地球开始在有形的宇宙中绕着太阳公转。

托尔金地图集

重联王国的至高王

　　阿拉贡是亚拉松的儿子,也是登丹的埃莱萨宝石("精灵之石")和刚铎伊熙尔杜的继承人。魔戒探寻伊始时,阿拉贡是登丹北方王国的第16任酋长,但众人更熟悉他稍平民些的身份——"游民"神行客。作为护戒使者的一员,阿拉贡在魔多黑门的号角堡之战和帕兰诺平原之战中起到了重要作用。魔戒圣战结束时,他加冕称王,叫作埃莱萨·泰尔康泰,成为阿尔诺和刚铎重联王国的首位至高王。他娶精灵公主阿尔温·伊文斯塔为妻。在埃莱萨统治的下一个世纪,中土世界西部的大部分地区都已纳入重联王国版图。埃莱萨虽然在战斗中杀敌无数,但还是能够跟东方人和哈拉德人和平相处。太阳第四纪元被定为人类统治纪元,因为埃莱萨及其后人的聪明才智,此时及其后的许多年间,重联王国持久太平。

国王加冕，标志着第四纪元的到来

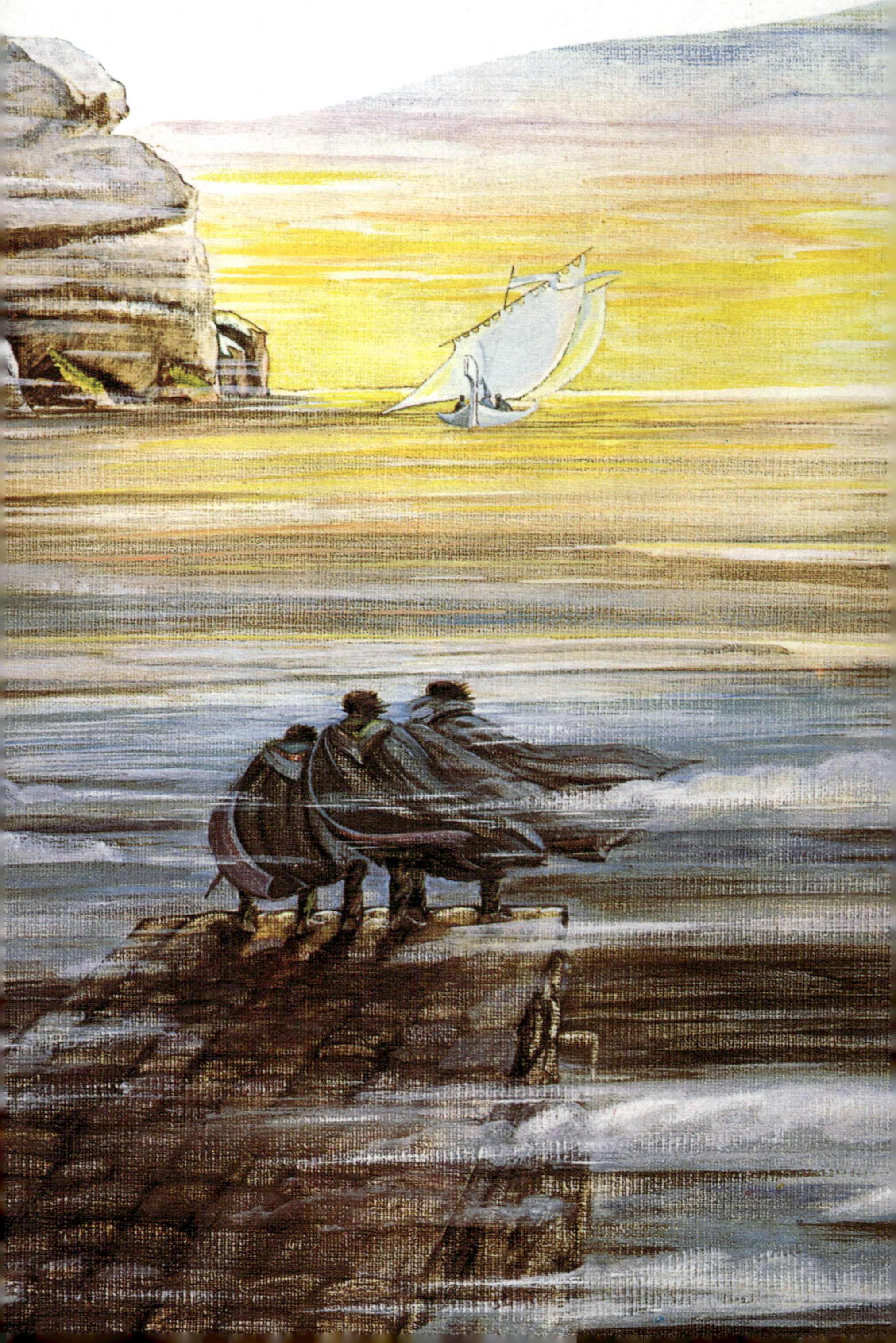

第八部分 探寻魔戒

持戒者启航

魔戒圣战结束时，中土世界再次进入和平繁荣发展时期。此时精灵的强大魔力也该从凡间大陆消失。就这样，精灵三戒的持有者埃尔隆德、凯兰崔尔和甘道夫，以及两位统御之戒的掌管者比尔博和弗罗多都来到灰港岸，乘坐精灵船向西航行，到阿门洲去。

232 页图：持戒者乘精灵船向西航行

隆恩湾

林顿·
灰港
夏尔
烈酒

伊利雅

关丝

文

白色山脉

西海

贝尔法拉斯湾

佛洛威治

中土世界

比屯
● 布里
岗
瑞文戴尔
●
瑞亚

迷雾山脉
罗斯洛立安
罗马尼安
灰色山脉
▲ 孤山
埃斯加洛斯
铁山

艾森加德
盔谷
法贡
幽暗密林
安都因河
卢恩

邓哈罗

刚铎
拉洛斯瀑布
达戈拉德
欧斯吉利亚斯
米那斯提力斯 ●
莫拉农
● 巴拉督尔
卢恩内海
米那斯魔窟
▲ 末日山

● 佩拉基尔
魔多

侃德

图书在版编目（CIP）数据

托尔金地图集 /（加）大卫·戴著；刘明亮译 . 北京：北京时代华文书局，2025. 5.
ISBN 978-7-5699-5598-9

I. I561.074
中国国家版本馆 CIP 数据核字第 20242YW318 号

An Atlas of Tolkien
Text copyright © David Day 2018.
Volume copyright © Octopus Publishing Group Ltd 2015.
All rights reserved.
First published in the UK by Cassell, a division of Octopus Publishing Group Ltd.
Simplified Chinese edition © 2025 by Beijing Times Chinese Press.
Simplified Chinese rights arranged through CA-LINK International LLC.

This book has not been prepared, authorised, licensed or endorsed by J.R.R. Tolkien's heirs or estate, nor by any of the publishers or distributors of the book The Lord of the Rings or any other work written by J.R.R. Tolkien, nor anyone involved in the creation, production or distribution of the films based on the book.

北京市版权局著作权合同登记号 图字：01-2024-3049

TUOERJIN DITUJI

出 版 人：陈　涛
责任编辑：陈冬梅
执行编辑：洪丹琦
责任校对：李一之
装帧设计：孙丽莉　迟　稳
责任印制：刘　银　訾　敬

出版发行：北京时代华文书局 http://www.bjsdsj.com.cn
　　　　　北京市东城区安定门外大街 138 号皇城国际大厦 A 座 8 层
　　　　　邮编：100011　电话：010-64263661　64261528

印　　刷：天津裕同印刷有限公司
开　　本：880 mm×1230 mm　1/32　　成品尺寸：145 mm×210 mm
印　　张：7.25　　　　　　　　　　　字　　数：160 千字
版　　次：2025 年 5 月第 1 版　　　　印　　次：2025 年 5 月第 1 次印刷
定　　价：98.00 元

版权所有，侵权必究
本书如有印刷、装订等质量问题，本社负责调换，电话：010-64267955。